夜を抱く

佐藤洋二郎

鳥影社

夜を抱く

目次

夜を抱く

1

わたしがフランツ・カフカの名前を知ったのは中学二年生の時だった。床板にコールタールを塗った古い図書館で、偶然、『変身』を目にしたのだ。変な題名。そう思って手にしてみたが、一度本棚に戻した。カフカの顔写真が暗く鬱陶《うっとう》しく感じたからだ。

その頃のわたしはいつも充たされない感情が巣くい、自分でも処理できずにいた。なにかに変わりたいと思っていたのは、こちらのほうだったのだ。スーパーマンになりたい。透明人間になりたい。空を飛んで、自由にどこにでも行きたかったし、突然、姿を消して、誰からも干渉されずに生きてみたい。そんな感情に囚《とら》われ続けていた。多分、心が充たされていなかったからだ。

ひょっとしたら病んでいたのかもしれない。書物に親しむようになったのも、自分が何者かという戸惑いがあったからではないか。傍目《はため》から見れば、決して暗い表情はしていなかったはずだ。むしろ逆で陽気な奴だと思われていた気もする。ピエロのような少年だったのかもしれない。読書に親しんでいたことも誰も知らなかったはずだ。

結局は借りて、真夜中に読んだがよくわからなかった。これが小説？　読んで損をしたという気分になった。人間が虫になれるわけがないだろう。細い足で、亀のような甲羅を背負っているのだ。それで朝、主人公はベッドから起き上がれず、仕事に出かけることができない。部屋の外では、家族や訪ねてきた上司がなにかあったのかと心配をしている。本人が焦って狼狽《ろうばい》している姿が、いつまでも描かれているのだ。こんなものが小説であるはずがない。

しかしそんな作品だったから逆に心に騒《ざわ》めきを覚えた。どこか具合でも悪いんね。登校する時に、母が心配そうな視線を向けた。なんも。わたしはろくに返答もせず家を出た。

通学の途中もカフカのことが頭から離れなかった。どんな人間なんだ？　そのうち町の中央を流れる川までくると、親鴨と数羽の小鴨が泳いでいた。わたしはその光景を橋の上から見下ろした。大きな鯉《こい》も泳いでいる。彼らの姿がのどかに見えたし、昨日読んだ本の人間よりもずっと自由じゃないか。すると急に学校に行きたくなくなり、家に引き返した。

それから自転車に乗り、松江にいる伯母の家まで行こうと思った。心が解放されたがっていたのだ。深夜に『変身』を読んで、一層鬱陶しくなっていたからだという気もした。あるいはあの鴨や鯉のように、自由になりたいと思ったのかもしれない。

それまでのわたしは一度も学校を休んだことがなかった。厭《いや》だとも感じていなかった。だがあの朝は違った。八十キロの道のりを自転車で行ったが、山沿いの道路を進んでいると、穏やかな日本海が広がり、その向こうに島根半島が横たわっていた。海からの風が火照《ほて》った体を冷やし、心地よかった。

やがて宍道湖《しんじこ》の夕焼けを目にした時は、ようやく心も晴れ、その景色が消えるまで畔に佇《たたず》んでいた。神々が棲《す》んでいる土地だと聞いていたが、その美しさに惚《ほ》れ、本当に彼らがいるのではないかと思ったほどだ。陽が暮れて伯母の家に行くと、彼女は戸惑い、なにかあったのかと訊いた。なんでもないとわかると、本当に自転車できたのかとまた驚いた。その日は泊まり、次の朝、列車で戻って登校したが、今でも日本海とあの夕暮れの宍道湖の美しさは、瞼《まぶた》の裏側に焼きついている。カフカがあの景色を見せてくれたのだ。

その後、怖い物みたさのように彼の作品に接した。わけもわからず裁判にかけられる『審判』などを読んだが、どれも読むのに忍耐を強いられるものだった。だが途中で手放すことができなかった。どうしてこんなものを書くのかと思ったのだ。不条理という言葉も知らなかった。

そしてそうなったもう一つの理由は、カフカが父と同じ四十歳で逝《い》ったということも、関係していた気がする。それこそがわたしにとって一番の不条理だったのだ。カフカは結核だったが、父は心臓発作だった。早く逝った父もわたしを苦しめていた。彼の死でなにもかも変わってしまったが、なぜ自分だけが男親のいない人間なのか。考えるということは、自分のことについて考えることだと今はわかるが、あの頃のわたしはなにも気づいていなかった。

人生のとば口にいる青春時代は、決して明るいものではない。多感な感情を持て余し、一人で悩み苦しむが、それがどこからくる感情かわからない。自分が見えず、不安と孤独に押しつぶされそうになりながら生きる。決して夢や希望に溢《あふ》れた時代ではない。むしろわたしには逆の思いが存在していた。もし青春の後ろ姿があるとすれば、灯りのない、闇の中を模索するように生きていたのがあの頃の姿だ。それをカフカの生き方と重ねていたのだ。

初めて小説を読んだ時には、変なことばかりを書く人間だと思い込んだが、暗い人間ではなく、むしろ明るい性格の持ち主だったということも知った。繊細で真面目。その上実直。やはり自分の心を隠した人間ではないか。若かったわたしは自分の都合のいいように解釈した。

彼だけがわたしの気持ちがわかる。カフカは自分そのものだ。いつしかそう思うようになった。思い込む力は、物事を前向きに考えれば生きる活力にもなるが、反対に内向きになっている時は、自分を委縮させることにもなる。わたしはカフカの言葉によって、生きる力を削《そ》がれようとしていたのかもしれない。

「今日もおいでなんですね」

遠い昔を呼び寄せていると、そばに木村美花《みか》が立っていた。目の前にプラハの古い街並みが広がり、微《かす》かに冷気を含んだ風が流れていた。昨日も一人でいると、日本人かと声をかけられた。

美花は長身で短い髪型をしていた。一瞬、男性かと思ったがそうではなかった。腫れぼったい唇に赤い口紅が施《ほどこ》されていた。

「お仕事でいらっしゃったんでしょう？」

「もう卒業しました」

わたしは視線を中空に向けた。五月の空は薄い雲を引き離すように青空が広がっている。

「外国にいると、日本にいた頃の自分と違って、心が浮き立ってきません？　煩《わずら》わしいこともないし。自分のことだけやっていればいいんですから。学生なんです。カレル大学の」

カフカが行っていた大学ではないか。わたしは急に興味を抱いた。

「芸術哲学部に日本学科があるんです。そこで日本の歴史や文学、文化のことを」

美花はカレル大学と日本人学校との交流の話や、滞在する日本人が千六百人もいると教えてくれた。

「そんなにおられるんですか」

わたしは相手の意外な言葉に驚いた。

「通訳や日本語を教えているので、生活はやっていけるのですが、それでもたまに日本に帰りたくなります」

ふと人間が一番断ち切れない感情が、未練と郷愁ではないかと思い出した。自分がプラハの街にきたのも、南川夏帆《かほ》に対する未練という細い糸に、手繰り寄せられたからだ。そしてその言葉も昔彼女が呟いたものだった。

「人は一人で生きていけませんよね。そんなことはないと思っていたんですけど」

空はますます青空が広がり、海のようだった。やわらかな陽射しに目を閉じると、また夏帆の面影が戻ってきた。いい？ 美しい物を見る時には目を閉じるの。そうしたらもっと美しい物が見えるでしょ？ 目を開けてばかりいると、現実の嫌なことばかり見てしまうわ。南川夏帆の姿が瞼の裏側に広がった。

広場では若い男女が笑顔で通りすぎている。その姿を見送っていると、美花は、スペインに行く話をしていると言った。羨ましいなあ。彼女は後ろ姿を見つめ、太った女性が持ってきたビールをわずかに口にした。

「辻褄《つじつま》の合わない、思いついたことをおしゃべりしたという感じ。ご年配だから安心したのかもしれません。どうしてこの街に？」

美花はわたしがなぜここにいるか計りかねているようだった。だが答えたくなかった。そうすれば南川夏帆の姿が弾《はじ》け、この街にいる喜びが消えてしまう気がしたのだ。夏帆とカフカが生きた街。わたしが誰よりも心を寄せた二人が、この街で暮らしていたのだ。

「ここでは誰の目も気にならないですよね」

　わたしが言いあぐねていると、美花は昨日、韓国人を連れて観光をしたと言った。それから少しだけ言葉を止めて、脱北者なんですと強い視線を向けた。思いもかけない言葉だったので、わたしは動揺した。

「近づいてくる者は気をつけないといけないと、昔、教えられたことがあるけど。押し売りや詐欺師もみなそう。今はオレオレ詐欺もそうじゃないかなあ。いよいよ変な国になった気がしますよ、日本も」

　わたしはからかわれているのだと思い、軽口を叩《たた》いた。だが彼女にはその冗談を許さない雰囲気があった。なぜこの女性は突然そんなことを言ったのか。わたしたちは親を選んで生まれてくるわけではない。土地を選んで生まれてくることもできない。それを受け入れて生きるしかなく、抗《あらが》ってもどうすることもできないこともある。ふと唐突にそんな思いが走った。彼女の母親は日本人で、すでに亡くなったと言い、父親はそのことも悔いていて、再婚もしないし、その罪滅ぼしで、自分を自由にさせているのだと言った。

　すると突然、幼馴染《おさななじ》みの大川清一のことを思い浮かべた。あの男もそうだったはずだ。母親は在日韓国人だった。おまえにだけ話すっとたい。そう呟いただけで、しばらくなにもしゃべらず、こちらの反応を確かめていた。それがどげんしたと？　わたしが言うと、弱々しく笑っただけだった。

「時々、自分がわからなくなるんです」

あの時のことを思い出していると、美花が囁《ささや》くように言った。それから短い沈黙が続いた後に、プラハにはいつきたのかと訊いた。

「五日前ですか」

わたしは頬をゆるめた。自分でもぎこちない仕草だと気づき、相手の視線を外した。彼女はしゃべりたいのだ。それを自分が拒んだという負い目が生まれた。

「まだ二回しかお会いしていないのに。なぜこんなことを話したのかしら。でも少しは解放された気分」

それから彼女は仕事に行くと言って立ち上がった。ちぐはぐだった会話は、なにか心に不安があるからではないか。聖ミクラーシュ教会のほうに歩く姿を見つめていると、美花と重なるように遠い日の南川夏帆の姿が見えてきた。なぜこうも思い出だけが行き来するのか。わたしはまだ未練を摑《つか》もうとしているのだろうか。それとも未だに思い出の中にいて、さまよっているとでもいうのだろうか。

2

あの日、わたしは夜汽車に揺られて東京に向かっていた。十七歳の秋のことだ。心には絶えず小さなさざ波が走り抜けていたが、それがどこからくるのかわからなかった。心の中のさざ波は風を追いかけるように走ったが、取り残されたわたしは焦燥感に包まれていた。

あれはなんだったのだろう。明け方まで眠れないこともあり、夜に心が冴《さ》え、昼間にぼんやりとしている。誰にも言えず苦しんだ。カフカの作品を読んで夢想する癖もつき、そうした時だけ不眠を甘受《かんじゅ》した。

真夜中に起きていると深い孤独に陥ることもあったが、それは自分が生きている証のようにも思えた。やはり病気だったのだ。だがそうは考えていなかった。ただ眠くならないだけだ。だから誰にも相談しなかったし、母にそのことを伝えれば心配すると思った。わたしは陽気な彼女が、暗い表情をつくることを怖れていた。

その五年前まで、わたしたちは福岡の遠賀《おんが》川沿いの町で暮らしていた。父は全国から集まった坑夫たちの宿舎の運営と、石炭の運搬業を生業としていた。宿舎には多くの男たちがいる騒々しい家だった。父は仕事から戻ってきた彼らとよく飲んでいた。その彼が突然逝き、わたしたちは母の故郷の山陰に移った。

とても仕事はできんし、ここではわたしたちだけでは生きていけんがね。その言葉を聞いて、自分が生まれ育った土地や人間が蔑《さげす》まれていると思った。お父さんと一緒やったから、生きてこられたんやから。ようわかるでっしょうが。母に説得されても納得がいかなかった。友達とも別れなければいけない。彼らと同じ中学校にも進みたい。だが従うしかなかった。それまでのわたしは快活な子どもだった。足も速かった。相撲も強かった。父はそのことを喜んでくれていた。

そして母の故郷に転校したが、山陰の曇った空と同じように、わたしの心は晴れずいつも鬱積していた。もし自分を変えたいなら、自ら行動するしかないの。かわいがってくれる父の妹は諭すように言った。あれはどういう意味だったのか。なにをどうすればいいのか？　どんな行動をすればいいというのか。叔母も、寡婦《かふ》でわたしたちを育ててくれている母も、そう思って生きているのだろうか。

そんなことを逡巡《しゅんじゅん》していると、列車の通路に二十代後半の女性が立っていた。足元に鞄を置き、客席の番号を確かめていた。自分の居場所を見つけた彼女は、対面の椅子に腰を下ろすと車窓に視線を向けた。夕陽が海原に沈もうとしている。黄金色の弱い陽射しが、端正な横顔を照らしていた。盗み見していると、その気配に気づいたのか、わたしは慌てて視線をずらした。

「カフカ？」

彼女はこちらが持っていた文庫本を目にした。それからハンドバッグから文庫本を取り出した。

「びっくりしました」

相手はわたしもと応じ、また表情をゆるめた。

「好き？」

彼女はやさしく問いかけた。

「よくわからないんです。変な小説だから」

「世の中って不条理でしょ？」

相手がなにを言いたいのか判然とせず、黙るしかなかった。

「人間の気持ちも一緒」

おかしな女性ではないのか？　そんな感情が行き来したが、身なりは小綺麗《こぎれい》で、知的な雰囲気があった。わたしは人を値踏みした気持ちになり、頰を火照らせた。

「周りの人が読んでいたから、こっそりと読んでいるの。実存主義の代表作とも言われているみたい」

わたしはそのことも知らなかった。ただ読んでいるだけで、系統だって読んでいるわけではない。本を読んでいると知らない知識が体にしみ込んでいくようで、そのことの喜びを感じていただけだ。

こちらが返答に詰まっていると、彼女は失礼してもいいかと訊き、ハンドバッグから煙草ケースを取り出した。その煙草を腫れぼったい唇に当てた。吸うとすぐに噎《む》せた。それから短い舌を見せた。その仕草が年上なのにかわいらしく思え、ようやく心がゆるんだ。

「まだ覚えたて」

「いくら吸ってもかまいません」

わたしは急に元気になり、偉そうに応じた。

「やさしいわ」

「そうでもありません」

わたしは恥ずかしくなったので、突き放すように言った。

「やさしさと弱さは似ている気がしない？　今日気づいたの。いざとなったら逃げない？」

「そんなことはしません」

彼女はこちらを見据えて訊いた。

「絶対に？」

「本当です」

わたしは少しむきになった。

「そういう人が多いもの。でも山陰がこんなにいいところだとは思わなかった。逆にいい思い出になったかもしれない。失恋旅行になったけど」

煙草と失恋とどんな関係があるのか。こんなに美しい人でも失恋するのか。そんな感情が走り抜けた。

「うまくいかないことばかりでしょう？　世の中。うまくいかないのが普通だと思うことにしたの。昨日から」

わたしはその言葉にも応じることができなかった。まだ十七歳だ。人を恋うる気持ちはあったが、そのことに失望したり、絶望したりすることがわからなかった。

「恋愛はみな失恋よね。恋愛の成就は結婚でしょう？　好きな人と一緒になれる人なんて、そうはいないはず。だからほとんどの人が失恋ということにならない？」

わたしは出会った視線を避けることができず、目を伏せた。そのままお互いに言葉を止めたが、彼女は別のことを考えていた。陽が海に落ちると、窓の外に夕闇が迫り、人家の灯りが明るさを増していた。彼女はその移りゆく景色をまた見つめた。わたしは女性の美しさに息苦しさを感じながら、父の妹のことを思った。叔母は目の前の女性と違い、どんな過去でもみな未来のためにあるのだと言った。あの言葉は本当だろうか。あなたが息子だったらよかったのにとよく言ってくれたが、わたしのどこがいいのだろう。お父さんに似ているもの。確かに父は歳の離れた叔母をかわいがっていた。その彼女が、父と義母の子だという話を耳にしたことがある。しゃべっているのは母の親戚だった。彼女は嘘をついている。もしそうだとしたら、父はまだ十八歳だった。

今のわたしと変わらない。そんなことがあるはずがない。

だが彼女が父を陥《おとし》いれる理由はない。するとやはり本当のことだったのか。母にも訊けなかった。その母が父に嫁いだのは、彼女の兄と戦友だったからだ。戦地で仲良くなり、もし内地に戻れることがあれば、妹をやると約束したらしい。それを生きる糧《かて》にしたのだろうが、母は父と結婚した。悪い人じゃなかったからね。それに兄さんが言ったから、いい人じゃないかと思ったもの。その言葉をどこまで信じていいのかわからなかったが、わたしは嬉しかった。好きだった父を、母も好きだったのだと考えたのだ。

「なにか悩みでもある？」

夜が降り、窓硝子《ガラス》は鏡のように彼女の横顔を映し出している。その横顔が叔母に似ている気がした。父は義母が亡くなると、叔母を引き取って学校に通わせた。その彼女と別れてまだ五年しか経っていない。もう遠い昔のようだ。

わたしが彼らの姿を打ち消すように視線を上げると、女性はなにも見えない景色に、視線を向けて涙を流していた。気づかれないように顔を背けたままだったが、窓硝子に映った視線と出会った。

「すみません」

「おかしいのはわたし。さっき失恋したことまで話して、気が楽になっていたのに」

そう言って席を立つと残り香が漂い、それが都会の匂いのように思えた。それに目の前で涙する女性も初めてのことだった。直に戻ってきた彼女は視線を避けて席に座ると、恥ずかしそうに目元をゆるめた。

「山陰というところはいいところね。雲かなあ。さっきの夕焼けも、都会では絶対に見られないもの」

この人は秋から春までのあの鬱陶しさを知らない。冷たい雨や雪が降らない日はない。空も低い。町も景色も灰色がかっている。そんな土地をなぜ美しいというのか。

「宍道湖もきれいだったし、心が洗われる気がしたわ」

「そうは思わんけーね」

「それ土地の言葉？　かわいいわ」

たった今まで泣いていたくせに。わたしは小馬鹿にされた気がした。五年前、転校した日に、同級生たちに笑われた。教師のことを、しぇんせいと呼び、千円札もしぇんえんさつと福岡訛《なま》りで言った。それを揶揄《やゆ》されて取っ組み合いの喧嘩《けんか》になったが、すると今度は乱暴者だと言われるようになった。その自分に山陰訛りがあると言われたのだ。

たった五年で、あの土地の人間になってしまったのか。そんなことがあるわけがない。いつも生まれ故郷に戻りたいと思って生きているのだ。その気持ちを知っていて、母は休みになると、あの土地に戻ることを許してくれた。訪ねて、お互いの生活や変わった環境の話をしたが、行く時は心が弾んでも、帰る時にはまた沈んだ。なぜ自分だけがこんな目に遭わなければならないのか、という気持ちが払拭できなかったからだ。

母は故郷に戻ると、地元の言葉でしゃべり出した。土地の訛りで話す彼女を目にしていると、父が死に、なにも悲しくはないのかとも思った。自分だけ快活になっている。しかし彼女は、わたしが行きたいと言っても拒まなかった。淋しさに気づいていたのだ。

「東京になにか用事？　受験の下見？」

相手は顔を覗《のぞ》くようにして訊いた。

「まだ一年あります」

「あまり東京が好きじゃないの」

東京の人ではなかったのか。自分が住む土地には、こんなに洗練された女性はいない。てっきり東京育ちの女性だと思い込んでいた。

「釧路。寒いのよ」

相手はまた窓に視線を向けた。外は暗い闇を映し出しているだけだ。

「東京の叔母の家から学校に通って、そのうち一人暮らしをしたの」

彼女の横顔に弱い陰りが走った。わたしはこの人を美しく見せているのは、ふと見せる淋しそうな表情ではないかと思った。

「もっと生きる道があった気がするけど、しかたがなかったの。自由に生きることなんか、なかなかできないでしょう？」

彼女のその言葉が、どんな感情から発せられているのかわからなかったが、聡明そうな人間でもそう思うことがあるのか。

「旅行をするのも、自分が自由になったと錯覚させるから、いいのかもしれないわ」

失恋をしたと言ったが、その男性を訪ねてきたのではなかったのか。彼女はまた夜汽車の窓硝子に視線を向けた。列車は山あいに入ったのか、灯りはどこにも見えない。

「夜が好き」

同じようにながめていると、小さな声を洩《も》らした。夜が好き？　確かにそう言って見つめ返した。

「悲しみも哀しさも、みんな隠してくれるでしょう？」

彼女は再び細い指先に煙草を挟んだ。わたしにはまだ煙草の味は知らなかったが、くわえ煙草で目を細めた仕草が格好良く見えた。

「おかしい？　別れた人の真似なの」

煙の向こうに彼女の好きだった人間の姿が浮かんだ。いったいどんな男性だったのか。

「どうしてこんなものを吸うのかしら。きっと気持ちが落ち着くんでしょ。吸うと吐き出すでしょう？　本当は吸うことよりも、吐くことのほうがいいのかもしれない」

さっきから変なことばかりを言う女性だ。やはりおかしな人なのか。わたしはそんな感情を抱いたが黙っていた。

「夜？　朝？」

そう訊かれた時、わたしの脳裏に逝った父の姿が走った。彼は朝起きると、昇る朝日に手を合わせていた。それから食事時になると、神棚と仏壇に手を合わせた。

幼かったわたしは、なぜそうするのかと尋ねたことがある。神棚や仏壇に手を合わせるのはわかるが、昇る朝日にまでなぜやるのか。ご先祖様や神様には助けてもらわんといかんし、お日様が上がってこんと、なんもはじまらんたい。お日様がおらんと、おれたちもおらん。みんな適わんから、よろしゅう助けてくれとお祈りするとたい。父の言うことは理解できた。目に見えないものに畏敬の念を抱いていたのだ。シベリアで見たお日さんは、もっと凄かったと。大きゅうて。手をいっぱいに広げて、その雄大さを教えてくれた。あのお天道さんを見ていると、生きんといけんと思ったとたい。しかし彼は若くして逝った。神様もお日様も助けてくれなかったのだ。

そしてわたしは母の里の家から見る夕焼けも好きだった。大きな太陽が日本海にゆっくりと落ちるのだ。その光景をずっとながめていたが、いつも物悲しくなった。あの感情はなんだったのか。母も親戚もやさしく接してくれたが、心が晴れることはなかった。なぜ自分だけ父親がいなくなったのか。いくら考えても解決できず、自分の存在が失われたような気分にもなった。

わたしにも父にも神様はいなかった。あんなにお祈りをしていた彼を突き放したのだ。父がいったいなにをしたというのだろう。そのことはわたしにも同じだ。神様に仕打ちを受けることなどなにもやっていない。お父さんのことは忘れてはいけんけど、おらんようになったのはしかたがないわね。わたしはそう言う母の哀しみをまだ知らなかった。父が手を合わせていた太陽と、わたしが見ていた太陽が、どうしても同じだと思えない。落ちていく夕陽は淋しい。それは今の自分に似ていた。

「朝です」

あの淋しそうな景色よりも、朝のお日様のほうがいい。それに祈る父の姿を思い浮かべることができる。

「やっぱり。若い人はそう。夢や希望があると思っているんでしょ」

そんなものがないということはもうわかっている。希望がすぐに失望や絶望に変わることだって知っている。寡婦を通して生きようとしている母は、わたしが早く大人になることが夢だと言った。それが夢になるのか。彼女だって父が亡くなり、夢や希望を失ったのではないか。

女性は吸っていた煙草を途中でやめて、また暗い窓硝子に顔を向けた。何度目だろう？　またうまくいかなかった相手のことを考えているのだ。それからもう休みましょうかと問いかけ、二段ベッドに上がった。

わたしは窓硝子のカーテンも引き、寝仕度をした。狭いベッドに仰向けになると、線路を走る夜汽車の音が届いてくる。目を閉じると母の姿が見えた。今頃はなにをしているのか。夜遅くまで起きていて、朝も早い。なぜあんなに頑張れるのか。母親というだけで、なにもかも犠牲にして生きる。その思いはどこから生まれてくるのか。どうしてやろうなあ。わたしにもわからんけーね。彼女のことを思うと、いつも心に鈍い痛みが走る。だがどうすることもできない。それなのにわたしは九州に行かず、こうして反対の路線を走っている。母はわたしがもう叔母の家にいると思い込んでいるはずだ。叔母は本当にやさしい。あの人が父の子どもだからなのか。それならばわたしと姉弟ということになるが、それは信じられないことだ。

その彼女は直方《のおがた》の男性と結婚した。そこは遠賀川の中流にある炭坑町だ。夫の家は特定郵便局をやっていたが跡を継がず、駅前で食堂を始めた。あの人がやりたいというんやから、それでよかたい。でも忙しかほうが愉《たの》しいから、これでよかと。わたしは叔母の快活さに惹《ひ》かれていた。自分も陽気になれたし気持ちが解《ほぐ》れた。母はなにかを感じたのか、出かけるわたしに、何時の汽車で行くのかと訊いた。彼女はなんでも注意をしてやれと言うのが口癖で、こちらがやることに反対をしたことがない。それでも九州に行くつもりだった。すると先に上り列車が入ってきた。

わたしは思わず飛び乗った。引き込まれるように乗車したが、どうしてそうしたのか。

そんなことを考えたためか眠りはやってこなかった。それに上の寝台には女性もいる。狭い空間に二人だけだ。彼女も静かだ。まだ起きているのだ。もう忘れたと言ったが、そんなことはない。もしそうだとしたら、ああして涙を流すことはないはずだ。物音はなにもしない。息を殺して泣いているようにも思えた。

やがて外は白み始めていた。夜が好きと言った女性は、過ぎ行く夜の中で、感情を鎮《しず》めることができたのだろうか。夜が明けようとしている。紫がかった山の向こうに富士山が浮かんでいる。わたしは美しさに言葉を失った。

「眠れましたか」

富士に見とれていると、上の寝台から彼女の声が届いた。直に水色のツーピースに着替えて下りてきた。目元は腫れていた。眠れなかったのは、彼女のほうかもしれない。

「富士山は好き？」

わたしはその目を見てはいけない気がして、富士に視線を流した。こんなに雄大な山を目にすると、父でなくても手を合わせたくなる。九州にも山陰にもない山だ。毎日見上げることができる人たちが、羨ましいという気持ちにもなった。

「まだ見ているんだ？」

洗面室から戻ってきた彼女はうっすらと化粧を施し、昨日感じていた都会の香りも漂わせてきた。

「東京に出たら、どうされるつもり?」

着いたとしても行くあてもない。それに明後日には学校もある。深く考えずに出てきたが、彼女の言葉でそのことも気になりだした。

「すぐに帰るつもりです」

元よりなにかをやるためにきたわけではない。しかしなぜ行ってみようと思ったのか。そう考えると自分の心がわからなかった。気づかないが不満や焦燥があるのだ。将来がなにも見えず、漠然とした不安に支配されていた。明日がなにも見えないのだ。それに高校を出ると、家族のために生きなければならない。親戚に役所に勤める者がいて、母に勧めた者もいる。彼女は返答しないが、きっとそうしてもらいたいから口を閉じているのだ。あんな鈍重な空の下で一生を終えるのか。もっと自由になりたい。東京を見てみたいという思いの中に、あの土地から逃れたいという気持ちがあったのかもしれない。

だがその感情を、いつまでも心に踏みとどめることはできない。懸命に働いている母に申し訳ないという思いがあった。今度は自分が助けなくてはいけないのだ。

「あなたもいろいろありそう」

彼女はそう言ってからごめんなさいねと謝った。声は昨日よりも落ち着き、心も平穏のように見えた。わたしは涙を流していた昨日の姿と、今の穏やかな表情を思い浮かべた。しかし昨日の姿のほうが美しく感じた。

「ないです」

わたしは彼女の言葉を弾き返すように呟《つぶや》いた。心の内を読まれている気がした。

「昨日はどうかしていたわ。でもあなたでよかった。ほら泣くと、体の厭なものも押し流してくれそうで、気持ちが軽くなる気がしない？　それにどうしてあんなにおしゃべりをしたのかしら。ご迷惑をおかけしたわ」

やがて東京駅に着いた。ドアが開くと涼しい風が流れていた。

「あら」

並んでいた背広姿の男性が車外に出ようとすると、彼女が顔を上げた。

「綿毛？」

どこからきたのだろう？　目の先にやわらかく飛ぶものがあった。綿毛は頭上を踊るように流れていた。

「いいものを見たかもしれない」

「どうしてですか」

「だって人間と同じみたいでしょ。ふわふわとどこかに飛んで、命をつなぐの。あなたを追って、山陰からやってきたかもしれない」

わたしはまさかと思ったが黙っていた。ずっと一緒にきたのか。すると嬉しい気持ちにもなった。

「無事にどこかで、生きててほしいわね」

わたしもそう思った。それから自由にどこにでも行ける綿毛が羨ましくも感じた。

「じゃあ、ここで」

彼女はまたありがとうと礼を言い、もうなにもかも忘れて、生きなくちゃ、と明るく言った。昨日のことをまだ意識しているのだ。人には忘れてはいけないこともあるし、忘れなければいけないこともあるでしょう？　わたしは忘れることにしているの。それに自分を変えたいなら、自分から変わるしかないよね。叔母が言った言葉と同じではないか。茫然《ぼうぜん》と見返していると、相手は返事の代わりに微笑《ほほえ》んでいた。

わたしは離れて行く姿を見つめたが、また会うことがあるのだろうか。会うはずがない。わたしはあの雲の低い土地で一生を送るのだ。父を失った今、それはしかたがないことだ。この旅でなにもかも吹っ切って前向きに生きよう。一生懸命にやっていると、神様が見ているから、そのうちいいことがあるけーね。母はそう言ったが、彼女はそんなことを信じて生きているのだろうか。ふとそんなことを思ったが、すぐに打ち消した。

3

わたしは南川夏帆と別れてから構内を足早に歩く人々をながめた。人ばかりじゃないか。そう思うと息苦しさを感じた。東京にはきたがどこかに行くあてもない。それに夜には列車に乗らなければならない。東京を見たらすぐに戻ろうと思っていた。

そのうち山手線に乗った。電車が都心を一周していると気づいたからだ。間違ってもまた戻ってくる。そのことがわたしを安心させた。御徒町をすぎると、次は上野だという声が流れた。するとそこが西郷隆盛の銅像があるところだと思いついた。西郷は父の憧れの人物だった。遠い親族に田原坂《たばるざか》で死んだ者がいて、彼は見てきたように西郷の話をしてくれた。勉強なんかせんでよか。やっていけんことは、卑怯なことや弱いもんを虐めるこったい。人を差別してもいけんと言った。

わたしたちの家の離れには、戦後、故国に還らず、日本で生きようとしている人たちもいた。片言の日本語で話すので、子どもだったわたしにもどういう人物かわかった。そのうちの一人は、以前は坑夫をやっていたが、町の古い旅館を買いそこが繁盛していた。人を泊まらせるだけではなく、いかがわしい商売もやっているという噂だったが、父は気にしていなかった。父の葬儀で彼が一番泣いた。その時だけ朝鮮語だったが、慟哭《どうこく》する声がわたしの心を深く刺した。

その数ヵ月前、母が賄い婦と一緒に、朝鮮人の口真似をしてふざけ合っていた。それを聞いた父は初めて母に手を上げた。きさん、誰のおかげで、おれたちが食っとうとか、知っとうとか。母はうなだれた。わたしが悪かったんやから。わたしにも謝った。あんたも見んかったことにしてくれんね。そうせんと、恥ずかしかけん。訪ねてきた朝鮮人が、その光景を見て複雑な表情をしていた。どげんことがあっても、奥さんば苛《いじ》めたらいけんですよ。父はその言葉でようやく心を宥めた。

その夜、父の部屋からは彼と軍歌を歌う声が聞こえていた。よかお父さんなんやから。悪いと思ったらいけんよ。母は自分に言い聞かせるように言った。あの光景は今でも忘れることができない。電車が上野駅に着くと急に下車してみたくなった。

石段の脇には傷痍《しょうい》軍人が松葉杖をつき、アコーディオンを弾いている。父たちがよく歌っていた軍歌だ。そばで聞いていると、歌い終わった相手が紙箱を突き出し、お金を催促した。そうしないでいると尖った視線を向け、見世物じゃねえと恫喝《どうかつ》した。おのぼりさん、ほれ。酒灼《や》けした傷痍軍人はもう一度紙箱を向けた。わたしは慌てて逃げた。石段を上がると銅像が現れた。西郷さんは偉かぞ。何度も島流しにあっても、へこたれんとこがよか。父の顔がまた見えた。これが西郷さんか。わたしは銅像を見上げていた。

　やがて高架を走る電車が、駅舎に出入りしていることに気づいた。街の中空には無数の鳩が旋回し、ビルの上にはアドバルーンが上がっている。

「どこからきたの？」

　ベンチに座り、菓子パンを頬張っている中年の男性が声をかけた。灰色の背広と青いネクタイをした男性は、ガムを嚙みながら見つめていた。わたしは警戒した。

「あんたみたいな人間が、結構ここにはいるんだよ。仕事がないの？　家出？」

　わたしはそんなふうに見られているのか。相手は品定めするように、今度はじっくりと見直した。気色の悪い奴。わたしはそばを離れようとした。するとそのことを察知したのか、怪しいもんじゃないと引き留めた。

「自衛隊を知っている？」

　知らないはずがない。近くに芦屋基地があったのだ。自衛隊や米兵はよく見ていた。それがどうしたというのだ。

「国を守る仕事だから、やりがいがあるよ。入隊すると三食つく、給料も出る、金も貯まっていく、公務員だから、生活は安定するよ」

　相手はわたしの袖を引っ張った。

「ぼくは怪しい人間じゃない。毎日、人助けをやっている。ここで地方から出てきた若者をずいぶんと救い、感謝もされている。それにこのあたりでうろうろしていると、おかしな奴らが近寄ってきて、仲間に入れられたり、売り飛ばされたりする。女性なんか悲惨なもんだ。そんな危なかった女性も、自衛隊員にして喜ばれたこともある」

相手は淀みなくしゃべっていたが、要領を得なかった。

「なんですか」

わたしは怒ったように言った。

「いい職場だから自衛隊に入りたい人を誘っているのさ。勤めていればいろいろな免許も取れて、将来にも役に立つ。起重機やガス溶接の免許も取れる。あんたはなにをやっているのかね。まだ若いのにこんなところをぶらぶらして」

そんなことはよけいなお世話だ。誘われても自衛隊に入ることはない。今日の夜にはまた夜汽車に乗るのだ。そうすれば学校にも間に合う。いよいよ離れようとしても、相手は袖を握ったままだ。

「飯でも食わせようか」

「よかです。そげんことは」

緊張していたのか、忘れかけていた九州弁が出てきた。

「遠くからきたもんだ」

「関係なかでっしょうが」

「家出人は九州よりも、東北や北海道の者が多いけどな、上野は」

それからちょっと待ってくれと言い、胸のポケットから名刺を取り出した。

「そのうち役に立つことがある」

相手は二枚の名刺を差し出した。一枚は勤務先で、もう一枚は自宅の住所が書かれていた。仕事先に連絡が取れない時は、自宅に電話をしてくれと言った。わたしは二枚の名刺を見比べ、自宅が埼玉県行田《ぎょうだ》と書かれていることに気づいた。行田？　大川清一がいるところではないか。急に心がざわめいた。

「ここは遠かですか」

「おれのところ？」

相手は飲み過ぎて昨日は戻らなかったが、一時間と少しで着くと言った。

「なにかあるの？　困ったことがあったら、おれのところに真っ先に連絡したら、悪いことにはならないと思うよ」

男はまだ勧誘に未練がありそうだったが、わたしは逃げるように走った。そして駅まで戻り、路線図を見上げた。上野から大宮、熊谷をすぎた先に行田はあった。それなら大川に会える。往復三時間もあればまた戻ってこられる。上野から東京駅までも近い。わたしは急に元気が出てきた。大川清一とは二年近く会っていない。こちらの姿を目にすれば喜ぶに違いない。その表情を思い浮かべると笑みが滲《にじ》んだ。わたしは東北線に乗った。

行田駅前には数軒の店舗があるだけで、通りには人影はなく、遠くで犬の啼《な》き声がするだけだった。福岡の土地よりも田舎ではないか。大川はこの土地に本当にいるのだろうか。もっと都会に就職したのではなかったのか。

あの日、わたしは叔母の家にいて、大川が集団就職をするのを見送りに行った。彼は黒いコートのボタンを外し、青いセーターを着ていた。痩せた体軀《たいく》は一段と細く見えた。

「背が伸びたとやなかと」

ああと大川は言って視線をずらした。どの家ともつきあわず、父親と廃坑になった坑口で暮らしていた。遊びにこいと言われて訪ねたが、山道は石炭がこぼれていた。そこを上がって行くと坑口があり、中に彼らが住む小屋があった。三畳半くらいの部屋に湿った蒲団が敷かれ、親子はそこで寝起きをしていた。二畳ほどの土間の真ん中には石油缶があり、その上に鍋が吊《つる》されていた。

隅には木の流し台があり、水は近くの山から岩清水を引っ張っていた。きさんがはじめてきたと。あいつは嬉しそうに言った。わたしは狭い寝床だけの小屋に呆然《ぼうぜん》としていた。食うか。旨かたい。枯れた松の小枝に火をつけ、それから竹の筒で息を吹きかけた。直《じき》に小枝は身をよじるように立ち上がった。

火がついたことを確かめると、その上に鍋をあてがった。いつもやっとうとか。わたしが尋ねると、大川は煙に目をしょぼつかせた。鍋の周りは煤《すす》で黒く、コンクリートの坑口の天井も煤けている。憲兵というのを知っとうか。わたしは首を振った。父ちゃんは憲兵やったとたい。ずっと戦争中は朝鮮や中国にいたらしか。大川は誇らしげに言った。

鍋の湯が沸くと、そこに野鳥の肉や野菜を入れた。近くの山に罠をかけ、かかると焼き鳥や煮物にし、兎《うさぎ》を捕ったこともあると言った。大川は鍋に味噌を落とすと、あたりに旨そうな匂いが漂ってきた。やがて温まってくるとそれをよそってくれた。わたしは汚れた茶碗を見た。お腹は空いていたが食べたいとは思わなかった。食わんな、雉《きじ》も入っちょると。あいつは前歯を見せた。

「山にぎょうさんおる。冬は罠をかけて山鳩も兎も獲るったい」

それから食えとまた言った。わたしはしかたなく汁を啜《すす》った。汁にはこくがあり驚いていると、大川は鼻をひくつかせた。原始人のように穴蔵に住んで暮らしている。いったいどんな親子なのか。洗濯は近くの沢でする。芹《せり》や石蕗《つわぶき》も採る。それらを食べているのだ。

そのうち自転車を停める音がして、父親の姿が見えた。大川と同じように背が高かったが、首も顔も日灼けしていた。父ちゃんだ。父親は気のない視線を向けただけだった。大川がおれの友達と言うと、相手はまた訝《いぶか》しそうな視線を投げた。

「一緒に食ってよかか」

返答はなかった。それを承諾だと思ったのか、大川はまた茶碗に具材を盛ってくれた。泥鰌《どじょう》も野鳥の肉も一緒だった。わたしが躊躇《ちゅうちょ》していると、どこの子かと訊いた。

「知っとうか」

わたしが名乗ると大川が訊いた。父親は父ちゃんは元気かと見返した。わたしは頷いたが、話を継がせない雰囲気があった。

帰り道、大川が人と会うのが厭らしいと言った。それがどういうことかわからなかった。家に戻り父に話すと、仲良くしろと言った。それから隠すことでないと、父親のことを話してくれた。ここではじめて出会った時は、びっくりしたと。なんもかんもあん人たちが悪かわけでもなか。しかたがなかったことが、ぎょうさんあったとたい。おれも殴られたことがあると。わたしはその話を聞いてもっと動揺した。強い父を殴る者がいる。それなのにあの父親は、どうしてあんな生活をしているのか。

わたしがその日のことをしゃべると、父は、そうかと言って頭を撫《な》でてくれた。喜んでくれたと思い、そのことを母にも話すと、そっちのほうに行ったら、いけんと逆に叱った。わたしは差別する母を好きではなかった。嫌いな分だけ父が好きだった。あの後も大川の住む場所に出かけたが、無邪気に秘密基地に行くような感情があった。そして野鳥を捕る仕掛けや、川で鯉や鮒《ふな》を摑むことを教えてもらった。そのうち彼の父親が、戦争中に人殺しをしたから隠れているという噂を聞いた。日雇いに出ていることも知った。仕事がない時には、街に出て売血をやっていることも知った。わたしは彼らがいつも冒険生活をしているようで羨ましかった。

駅前には二、三軒の店があるだけでひっそりとしていた。駅員にあいつが働く工場を訊き国道に出ると、田園地帯が続いていた。大川はこんなところにいるのか。これならあの遠賀川沿いの土地と変わらない。わたしはそんな感情を抱きながら国道を歩いた。

そのうち遠くに煙突が見えてきた。煙突の煙はまっすぐに立ち上がっていたが、途中で千切れた。そこが風の通り道になっていた。わたしは深呼吸をした。守衛室には二人の男性がいて、胡《う》散臭《さんくさ》そうな視線を向けていた。

「大川清一さんはおられるとでしょうか」

「どういう用件かい」

「会いにきたとです」

守衛は仕事の打ち合わせではないのかと訊いた。直ぐにもう一人の守衛が名簿を広げて同僚に指さした。すると相手はああと声を上げ、指を切るような仕草をした。それから内線で大川のことを取り次いでいた。

「まだ寝ておるらしい」

眠っている？　昼間なのにどういうことかと思った。工場からはゴムの焼けるような匂いが漂っている。それで改めて靴工場だとわかったが、空を飛んでいる鳥が煙に近づくと、大きく旋回して逃げた。通りの向こうには青く澄んだ空が広がり、雲雀《ひばり》の鳴き声が中空でしている。わたしはまた遠賀川平野に似ていると感じた。

やがて奥の建物から大川の姿が見えた。こちらの姿を目にすると、小さく手を挙げた。あいつの表情には疲労が滲み、目は充血し、痩せていた体は一段と細くなっていた。

「どげんしたと？」

「大丈夫たい」

わたしは見当外れなことを言った。

「なんかあったと？」

大川は突然現れたわたしに疑念を抱いていた。

「なんでんなか。きさんに会いとうなったと」

「それだけな」

わたしは頷《うなず》いたが、相手はそれだけではないと思っていた。

「元気にしとったと？」

大川の目は窪み、頬の皮膚が薄く見えた。わたしはまだ戸惑いを見せている相手に、ここまできた道のりを話した。するとようやく安堵した表情を見せた。

「びっくりするたいね」

それでも訪ねてきてくれたことを嬉しく思ったのか、弾んだ声になった。わたしたちは近況や同級生だった者たちの消息を話し合った。

「ここにきてまだ誰も会っとらん。みんな元気にしとっと？」

大川は就職で出てきた者たちとも会わないと言った。

「わからん」

わたしは九州に行っても、もうそれぞれに生活が変わり、あまり会えなくなっている。それに学校生活のことは、相手に悪いという気持ちになりしゃべらなかった。

「ここには東北や北海道からきちょるもんもいて、おもしろかぞ」

「よかやないね」

「北海道はよかとこらしか。見渡すかぎり、原っぱばっかりたい。釧路というところからきてお るもんがいて、想像もつかんほどの湿原があるらしか」

「愉しそうやないね」

「それでも仕事がきつかと言うて、辞めていくもんがぎょうさんおる。そいつも辞めたと。今は上野の喫茶店で働いておるらしか」

わたしは喫茶店と言われても、それがどういうものかわからなかった。そういった店も映画館も、学校から許可がなければ行けなかったのだ。

「そいつのとこに行って、チョコレートパフェというもんを食わせてもらった。あいつが山盛りにして、これ以上、生クリームが乗らんというくらい、高く作ってくれたとたい。パリのエッフェル塔みたいやろうと言うちょった。行ったこともないとにな」

大川はようやく笑った。

「おまえも辞めるんか」

「おれは辞めん」

大川は強い口調で言った。毎年、何人も辞めていく職場なのに、なぜ我慢するのか。

「好きなんか、仕事が」

大川は首を振った。それなら辞めてもいいではないか。

「どこで働いても一緒やろうも」

わたしはそう言われても働いたことがない。それにこの男が我慢強いことは知っている。その性格がそうさせているのだと思った。

「どげんしたと?」

わたしは大川の右手の中指に目を向けた。相手はその言葉に反応して指を丸めた。中指の爪の半分が欠損していた。

「先っちょだけたい」

大川は素っ気なく言ったが、一瞬、泣き出しそうな表情をつくった。それから深呼吸をして気持ちを整え、機械に挟んだと言った。

「三交代やけど、続けて働いておったからしかたがなか」

大川は自分が悪いのだと言った。

「三交代ってなんね」

「朝、八時から五時まで働くのが一番、その次に働くのが二番。夜中から朝まで仕事をすっとが、三番たい」

そんなに働いているのか。夜中も働く生活とはどういうことなのか。この男が一段と痩せたのはそのせいだ。体を壊すのではないか。ふとそんな気もした。

「たいしたことはなか」

大川はまた指先を見せないように拳骨をつくった。

「学校はおもしろかね」

言葉を止めていると、話を変えるように訊いた。わたしは相手がなぜそんなことを訊くのかという気持ちと、進学していないから尋ねているのだと思った。愉しいと言っては、悪いという感情も生まれていた。

「ようわからん」

毎日、七時間も授業をやる。その後にも補習授業も受ける。一日のほとんどが勉強だ。それがなんの役に立つのか。しかし疑えば逆に不安になる。そう思ったが黙っていた。

「おかしな言い方やな」

大川の作業服の袖には油で黒いしみが付着している。指も以前より太く節くれ立っている。それを見ていると、おれも学校に行こうかと思っていると言った。三交代で働いているのに、どうして行ける？　大川は真剣な表情をしていた。

「大学にも行くと」

わたしは一層なにを言っているのかわからなかった。どうやっていくのか。

「大学検定試験を知っとうと？　吉永小百合もやっとるらしか」

その女性となんの関係があるのか。相手は女優ではないか。

「少しずつ試験を受けて、大学入学の受験ができると。おれもそうするったい」

すでに勉強もはじめていて、来年から受験すると言った。

「そげんことができるんか」

「当たり前たい」

わたしはなにも知らなかったので、どう返答していいかわからなかった。

「だけんお金も貯めちょる」

この男はいったいなにを考えているのか？　だが力強く言う態度が眩《まぶ》しく見えた。頬がこけた顔に明るさが滲んでいた。

「非番の時も頼んで働いとる」

父の家にもそういう人間がいた。仕事を休まず、博打《ばくち》や酒を飲んでいる者が多くいたが、加わることはなかった。おとなしい人間だった。その男が町に出て、黒崎で焼き肉店をやり、製鉄関係や同胞の人たちの出入りで流行っていると聞いた。

ある日、父とよく飲んでいた朝鮮人と一緒にやってきて、日本国籍を取得したと報告した。よかたいね。父は応じたが、相手は複雑な表情をしていた。裏切りもんですたい。連れの男が不服そうに言った。炭坑町で知った日本人女性と一緒になったというのだ。人間は色の白かもんも黒かもんもおる。同じ色をしとるのにおかしな人間たちたい、おれたちは。父はそんなことも言って彼らと飲み出した。大川があの人物と同じに見えた。

「なしてそげん頑張ると？」

「そうしたかから、するったい」

簡単に言い切る大川は自分とは違いすぎる。この男には夢がある。生きる強さもある。穏やかな性格の中に、どうしてそんな強い意志があるのか。それに引き換え、わたしはなにをしている？　いつもわけもなく思案している自分が小さく感じられた。

「お父ちゃんは？」

わたしは大川の生き方に気後れを感じて話を変えた。

「この前、手紙を書いた。おまえの好きなように生きろというちょった。後はなんもなか」

そげん人たい、あん人は。大川は弱い笑みを走らせた。

「それよかびっくりしたことがあると」

「なんね」

「おふくろはまだ生きとったと。結核で死んだとばかり思っとった。そう言われておったし。親父があげな変な男やったからな。それでもおれは嬉しかったと。子どももおるらしか」

「よかったやんか」

わたしはありきたりの言葉しか言えなかった。戸惑ったのだ。なにがいいことなのか。母親が生きていたことか。一人っ子だと思っていた自分に兄弟がいたことなのか。わたしは短い時間の中でそんな感情を走らせた。

「おかしな親父たい。なんも隠さんでもよかとに。死んだと思うたら、諦めもつくとやないやろか。そのうち会おうと思うちょる」

明るく応じる大川が羨ましかった。わたしと違って会えるだけでもいいではないか。わたしはもう父とは会うことはできない。彼の父親は生きている。その上、実の母親も生きている。あの坑口で電気もない生活をしていたが、息子の大川を親の犠牲者だと言う者もいた。

「おまえはどげんすっと?」

相手はこちらの表情に陰りが走ったのを見て言った。わたしは返答に詰まった。下には弟妹がいる。あの土地にいて苦労している母を助けるしかない。今はきつい仕事をしているこの男のほうが、自由で未来が広がっている気がした。

「そいでもこげん嬉しかことはなかたい。もう誰とも会うことはないと思うちょったから」

「おれもたい」

わたしは心とは別に陽気に言った。

「おまえがこげんとこまできてくれるとやから。やっぱおれとおまえは親友たい」

大川は喜び、それから欠伸《あくび》を嚙み殺した。

「寝とらんと?」

わたしは思わず訊いた。

「六時まで働いとったとたい」

「おれが起こしたとやな」

「もう充分たい」

それは嘘だった。六時まで働いていたとすれば睡眠時間は少ない。

「そろそろ行かんと。ぎりぎりたい」

工場からサイレンが鳴った。大川はその音を聞いていたが、鳴り終わると、せっかくきたのにと申し訳なさそうに言った。

「わかっとったら、休みをもらっとったとやけど」

大川は学校に行くために余分に働いているのだ。わたしの周りにこんな人間がいる。それなのに自分はなんなのだ。ただうじうじしているだけではないか。大川は配管がいくつも走る工場に向かい、やがて振り向き手を振った。じっと見つめていたが、彼が急に遠い存在に感じられた。それからゴムを焼く異臭が鼻孔を刺し、目に涙が溜まったが、それが匂いからくるものか、自分の心から湧き上がってきたものか判然としなかった。

わたしは言葉を失い疲労感すら覚えていた。大川の前向きに生きる姿勢に気後れしたのだ。自分もあの男のように生きなければならない。後ろ向きなことを考えても、なにも生みはしない。たった三十分の会話だったが、大川の考え方や生き方を知って、今の自分の姿と照らし合わさずにはいられなかった。

あの男は小学校の卒業式の寄せ書きに、夢と希望に生きる者は永遠の友達だと書いた。わたしは変なことを書く奴だと思った。あの頃からそんなことを考えていたのだろうか。友達はおまえだけだと言ってくれたが、本当はわたしを幼い人間だと感じていたのではないか。おまえはぼんぼんやから。そう言って茶化したが、猥雑《わいざつ》な家の人間がぼんぼんであるはずがない。

確かに炭坑町の人間としては不自由のない生活は送っていたが、それは危険な労働をする者たちの上前を父がはねていたからだ。彼はそのことを意識していたからこそ、やさしかったのだ。わたしが母の郷里で生きるようになって、真っ先に気づかされたことはそのことだ。父がいなくなった家庭は急に質素になり、贅沢を許さない環境になった。出稼ぎの坑夫たちがよく郷里の話をしていたが、今の自分があの頃の彼らなのだ。

空は一段と青さが増し、振り返ると大川が働く工場の白煙が青空に映えていた。あの男は指先を欠損させ、その上、睡眠不足で目を充血させていても頑張ると言った。今は愉しか。あの男はそう言った。疲労が滲み黒ずんだ肌をしていたが、目には強い光があった。生きる希望に満ちているからだ。おれも。わたしは自分にも言い聞かせた。頑張るということは、あの男のような生き方をいうのだ。そう思うと急に心が軽くなり、やはり訪ねてよかったという気持ちになった。

4

あの広い東京で再び南川夏帆と出会うとは思ってもいなかった。七年が経っていた。弟妹はまだ東京の学生で、わたしは母が貯わえてくれていたお金と、父の生命保険のお金で東京に出ていた。兄弟三人が東京に住み、いずれわたしは田舎にいる母を手助けしなければと思い、会計士になろうと改めて簿記学校に通っていた。しかし一向に身が入らなかった。証券会社に勤めていたがすぐに辞めた。そのことは母には言わなかった。知ると落胆する。不安がると思ったのだ。

学生時代に同人雑誌に加わり、いつしか小説家になりたいという思いに取りつかれていた。そのうち簿記学校にも行かなくなり、辞めると途端に途方にくれた。誰とも会うことがない。社会と接していないという不安は真綿のように締めつけてきたが、なにも行動を起こすことができないでいた。夜が好き。夜汽車で囁いた南川夏帆の言葉がしきりと脳裏をよぎった。そう呟いたことがわかる気がした。きっと生きることに戸惑っていたのだ。だから夜の闇に身を沈めたかったのだ。

「なんをしとーね」

やがて母から連絡がきた。

「元気」

わたしは陽気に応じたがその返答は嘘だった。

「ひいおばあちゃんが百歳を超えたけ、みんなでお祝いをやったわね。ひょっとしたら、ずっと死なないかもしれないと言っとったよ。おもしろいおばあちゃんだけーね」

曾祖母の夫は職業軍人だった。日露戦争にも行ったし近衛兵もやっていた。曾祖父はほとんど家にいなかった。その間に彼女は田畑を耕し、三人の子どもを育てた。そのうちの一人が祖母だった。それだけしか産んでおらんけ、お国に申し訳ないと言うのが口癖だった。そんなたわいない話をしたが、母はわたしのことをなにも訊き出さなかった。

それから健康が一番、無理はいけんよ、こつこつとやっておれば、収まるところに収まるようになっていると言った。わたしは黙って聞いていた。将来のことを思案すると、考えがまとまらなかった。小説家になりたいという気持ちが、自分の行動を妨げていたのだ。図書館が開館になると出かけ、本を読んだ。

そしてカフカをまた手にした。この人間も本当は病んでいたのではないか。だから変身したかったのだ。わたしは自分の都合のいいように解釈し、彼が住んでいた美しいプラハの街を思い浮かべた。どんなところに住み、どんな思いで生きていたのか。孤独だったわたしを、想像する気持ちだけが温かく包んでくれた。

カフカのあの沈んだ表情は今の自分と一緒だ。暗く沈んで力のない顔。怯えたような目。彼は働きながらもなぜ小説を書こうとしていたのだろう。ユダヤ人として生きていたが、そのことがなにか影響しているのか。彼と似た境遇の人間は多くいるが、なぜ絵画や音楽ではなく、小説を書くということに向かったのか。それはわたし自身への問いかけでもあった。会社を辞めたわたしは生活費がなくなると、日雇い労働に出て日当をもらい、それがなくなるまで読書をした。日雇いに出たのは、大川の父親がやっていたことを思い出したからだ。

そしてある晩、猛烈な腹痛に襲われた。少しでも体を動かすと、下腹部に激しい痛みが走り、一向に治まろうとしないのだ。いったいなんなのだ？　そのうち額に重い汗が滲み気を失いかけた。これ以上無理だと思い、アパートの住人に助けを求めた。その部屋には老女が住み、近くの食堂で働いていた。わたしはドアの前にうずくまり声をかけた。どうしたっぺ？　ようやく出てきた相手は茨城訛りで訊いた。事情を話すと救急車を手配してくれた。

腹痛を堪えながら検査を受けると、大腸憩室炎《けいしつえん》と診断された。医者は一週間の絶食と入院を告げた。わたしは動揺した。支払うお金がなかったのだ。どうしても入院しなければ駄目かと訊くと、悪化すれば癖になると諭された。それで観念した。それまでのわたしは日雇い労働に疲れると、立石の売血センターに行きなんとか生きていた。わたしはしかたなく母に連絡した。

「元気な」

久しぶりの連絡に母の声は軽かった。わたしは入院していることを言わなかった。急にお金が必要になった、しばらく用立ててくれと頼んだ。受話器を置いた後ベッドに戻ったが、自分の不甲斐なさに泣いた。今頃、母も落胆しているはずだ。親の夢は子どもであっても、子の夢は親ではないでしょうが。もしそうだとしたら、母の夢はなんだというのだろう。自分でどうしようもないことを運命というんじゃないの。母はそう思い込むことで、夫を失ったことを忘れようとしていた。息子が今、どうしているのかも訊き出そうとはしなかった。

なにがあってもお父さんがついちょるわね。郷里に戻った時、彼女は骨壺《こつつぼ》の中から父の骨を取り出し、食べてみようと言った。わたしは細かく砕いた父の骨を食べた。ずっとあなたの体の中にお父さんがいるんよ。本当に困った時には必ず助けてくれるわね。母も同じように口に入れた。あれからずっと父はわたしたちの中で生きている。本当に助けてくれるのだろうか。これくらいの悩みはまだなんでもないということなのか。それとも小説家になりたいという思いは、生きる方向が違うというのだろうか。わたしの中にいる父はそれに応えてくれなかった。

その数日後、症状も落ち着き、真夜中にぼんやりとしていると一人の女性が回診にきた。マスクをしているので誰だかわからなかったが、脈も体温も測ろうとしない。変な女。だが看護師が着ているピンクの衣服ではなく、いつも回診にくる医師の白い服装だった。こちらが戸惑っていると、お元気だった? と訊いた。どういうことだ? わたしは東京で働く医師に顔見知りはいない。人違いではないか。それとも郷里の者か。それにわたしには親しく声をかけてくれる女性などいない。

「無理をしたんでしょう？」

相手は脈も血圧も計らず、まだわからないかと尋ねた。わたしはまた彼女を見つめた。ようやくマスクを取ると皓歯《こうし》が見えた。

「びっくり？　東京にいたのね。病気は損よ。お金を使って元に戻るだけだもの。不摂生をやっていたんでしょ？」

わたしの戸惑いはまだ消えなかった。それに彼女が医師だというのも判然としなかった。

「体調は？」

彼女は同僚に急用ができて、代理で夜勤をやっているのだと言った。

「睡眠不足、暴飲暴食、ストレスとあまり無理すると、変調をきたすようになるわ」

そのどれもが当たっていた。いつも明け方まで起きているし、将来のことを思案すると逆になにも手につかない。わたしは心身を持て余しているだけだった。

「絶食と安静にしていると治るけど。早く治して会社に迷惑をかけないようにしなくちゃ」

南川夏帆は子どもを諭すように言った。あの時の涙顔はもうない。わたしはなにかを堪え、頬に涙を伝わせた彼女の横顔のほうが好きだった。

「働いていないんです」

自分が唐突になぜそんなことを言ったのかわからなかった。

「訊いてもいいの?」

そうしたところでどうなるものでもないが、話したい気持ちにもなった。そうすることで、重い感情から解放されたかったのかもしれない。しかし彼女は深く訊き出そうとはしなかった。わたしも訊かなかった。訊けば訊かれる。そんな感情もあった。

その後、病院で南川夏帆と会うことはなかったが、連絡先を教えてくれた。なぜわたしに?あの夜汽車で出会っただけなのに。名刺はもらったが、自分から連絡することはできなかった。ろくな生活もしていないのだ。それに健康が回復しても、仕事をしようという気持ちにならなかった。小説を書くという気持ちを断ち切ることができなかったのだ。

しかし蓑虫《みのむし》のように部屋に籠もり、現実はなにもできていない。やがて家賃が払えなくなり、アパートを追い出された。しかたなく日雇い労働で知り合った職人に頼み、浦安の建設労働者の宿舎に入った。そこから関東一円の建設現場に通い、彼らの下働きをしながら書いていこうと思った。宿舎にいれば寝食は心配ない。雨の日は休みになる。ただ思案して悩んでいるだけだったが、家族を田舎に置いて出稼ぎにきている彼らを見て、少しずつ前向きに考えられるようになった。懸命に立ち向かおうとする気力に欠け、なにもかも後ろ向きに考えていたのだ。それに自分の身近にも大川清一のような人間もいるではないか。

その後、彼は大学検定試験を受け、また数年経って医学部に入学した。わたしは喜んだが遠くに感じた。負い目を感じたのだ。人ができることは自分もできる。自分ができることは人もできるさ。それに受験はここまでやれば大丈夫という上限があるだろ？　そこまで頑張ればいいだけのことだろ？　わたしは視線を合わせることができなかった。

自分の周りにも立派な人間がいる。諦めるのではなく、どうやって乗り切るかだよな。行動して意識を変えるしかないよな。あの男はこちらの心情を読んで言った。確かにそうだった。頑張る人間やいい人間になるには、そうやっている者の真似をすればいいのだ。わたしはようやくそんな気持ちになっていた。

「なんだか別人になったみたい。陽に灼けて逞《たくま》しくなったし、おとなの顔になったわ」

彼女から連絡をもらったのは、宿舎に入り半年近くが経ってからだった。生活も落ち着き、再びアパートを借りることはできるようになっていたが、そうはしなかった。宿舎にいたほうが食事も出るし、朝に通ってくることもない。無駄なことをやっている暇はないという感情もあった。作品を書き上げると、出版社に原稿を持ち込んだ。だが採用されることはなかった。それでもよかった。誰かが読んでくれる。そう思うと励みになった。もう以前のように後ろ向きに考えたくなかった。

「羨ましいわ」

南川夏帆は思い出したように連絡をくれた。大学病院で働く彼女は忙しく、休日にも働いていた。どうして会ってくれるのかという気持ちはあったが、わたしは嬉しかった。気分が高揚し、心待ちにしていることにも気づいていた。

「お母様はお元気？」

会うとそう訊くのが口癖だった。なぜいつも同じことを訊くのか。そんな疑問を抱いていると、彼女は母親と早くに死別し、父親は再婚もせず、育ててくれた。幼かった彼女はやさしい親だと思い込んでいたが、ある日、父親が隣町で若い女性と仲良く歩いている姿を目にした。後ろ姿を見つめていると、二人はホテルに姿を消した。夏帆はあの光景を目にしてからは、自分が負担をかけていると考えるようになった。

すると急に勉強する気が湧いてきて、なにかに夢中になっていなければ不安だった。病気だったのかなあ。のめり込んでしまうところもあるし、思い込みも強いかも。彼女は苦笑しながら言ったが、あの山陰に出かけたのも、そのことが原因だったのかもしれない。

彼女の祖父は四国の人間で、屯田兵として北海道の厚岸《あっけし》に入植し苦労したらしい。父親は戦争に駆り出されて、何人もの戦友が死ぬのも目の当たりにした。戦後、帰還して医学部に入った。やがて釧路で勤務医になり、その後、開業した。立派な親だと言うと、彼女はそうねと返答した。母親を裏切ったという気持ちと、彼に褒められたいという思いがあったのかもしれないと言った。

「わたしにもできるかもしれない。傲慢《ごうまん》にもそう考えたの。本当はとても勝てないのに」

南川夏帆や大川は頑張り、望んだことを手に入れたのだ。なにもできず、悶々《もんもん》として生きあぐねて生きていたのはわたしだけだった。

「若い時分は、ほら、青春時代とか言うでしょう？　でも本当は不安だらけで、暗中模索の頃じゃない？　あなたもそうじゃなかった？　でもわたしは紛らわすことができたみたい。机に向かっていたおかげで」

青春時代が希望に満ちているものではなく、暗いトンネルの中を手探りで歩いているようなものだとすれば、わたしはまだその闇の中にいた。

「わたしがいないほうが、あの人のためになると、ヒロインのような気持ちにもなっていたかも」

それだけだろうか。ふとそんな思いを抱いた。彼女が視線を合わせず、瞳に哀しそうな感情が浮かんだからだ。彼女の哀しみがこちらの胸にしみ込んでくる気がした。

「なにもかも夢かも」

こうしてこの人と一緒にいることも、いずれ儚《はかな》い夢になるということなのか。人間はどこまで行っても一人なの。いつかふと呟かれた時、彼女を遠くに感じた。わたしが決して入り込めない世界がある。そういう目で見ていると睫《まつ》毛《げ》が濡れていた。そしてその淋しさがどこからくるのかわからなかった。

　窓の外は冷たい雨が降り、細かい水滴が窓硝子を流れ落ちている。それを見つめた後に、お母様はお元気？　とまた訊いた。言葉が途切れた時にいつもそう訊ねる。こちらが心配をかけていると思っているのだ。

「親が子を思うのはよくわかるけど、子が親を思う気持ちがあるのはわかるのかしら」

　わたしはその言葉で何年も会っていない母のことを思った。なにも言わない彼女はわたしのことを考え、わたしは彼女のことを考えるだけでなにもしていない。そう思うと心に小さな痛みが走った。

　ある日、母はわたしを父の仏壇の前に座らせた。それから引き出しを開け、預金通帳を取り出した。お父さんが残してくれたもんだがね。これで学校に行けばいいわね。彼女は静かな口調で言った。田舎にいなくてもいいのかと訊くと、そんなことをしなくてもいいと応じた。

　あれから父と母の人生を食って生きてきたという感情がある。以前、迷惑をかけたと素直に言うと、母親の責任は妻の責任よりも重いと言った。子育ては親の務めだと思っていたのだ。それとも親としての本能だと考えていたのだろうか。それからなにもないことが幸福だと言ったが、母の人生が平穏だったはずがない。だが自分を不幸だったと感じれば、自分の生きてきた人生が不幸だったということにもなる。わたしはそんな感情を行き来させたが、母は黙ってお茶を啜っていた。

「帰らないんですか」

南川夏帆は自分と違っていつでも戻れる環境ではないか。

「あの人が入ってきたもの。子どももいるし」

父親があの時の女性と一緒になり、腹違いの子どもまでできたのだ。しかし自分の実家ではないか。

「あなたは？」

母はわたしの連絡先も知らない。しかし戻らなくなると、あの重く湿っていると感じていた土地が、急に懐かしく思えてくるから不思議だった。以前、夏帆はいい土地や懐かしい土地は、そこにいい人がいたり、出会ったりするから忘れられない場所になるのだと言った。すると彼女もわたしも、そこにいい人がいなかったからということになるのか。

「じゃあ、わたしよりも悪いのかな？」

彼女は窓の外に視線を向けた。ごくたまに連絡をもらい、日々のことを話し合うだけだったが、なぜ会ってくれるのかわからない。必ずわたしのことをいろいろと訊ねるのだが、それは逝った自分の母親のことを思い出しているからかもしれなかった。未練と郷愁かしら。いつまでも心に残っているのは。夏帆は何気なく呟いたが、逝った母親と郷里のことを思っているのだと感じた。

「そう思わない?」

わたしはもう一度九州の家を脳裏に呼び寄せたが、もう帰る土地ではないと思うと淋しさが湧いた。夏帆も黙り込んだ。あの時、同じ感情がわたしたちに去来していたのだ。頑張ってね。諦めずやっていれば、そのうちいいこともあるし、負けたということにもならないもの。そう夏帆が言うのだ。彼女の言うことが素直に心に響いた。わたしは返答の代わりに笑った。すると彼女もあの夜汽車で出会った時のように、淋しそうな笑みを見せた。明るい笑顔よりも淋しそうな笑顔のほうが美しい。わたしは改めてそう思った。

5

そしてあの日、南川夏帆は浦安に連れて行ってくれと頼んだ。当時の浦安は東西線が開通し、ディズニーランドも開園されたばかりだった。まだ埋め立ては進められていて、東京湾から風が吹けば砂塵《さじん》が舞う荒れ地だった。わたしはその一角に建てた建設労働者の宿舎に寝泊まりしていたが、暇な時は河口の突堤に出て海をながめていた。よく山陰の土地を思い浮かべた。今頃、母はなにをしているのか。子育てを間違ったと思い悩んでいるのではないか。頭上を行き交う航空機を見上げていたが、なんの展望もない心は塞ぎがちだった。

「お願いしてもいい？」

なぜ浦安に行きたいのか。わたしが戸惑いを見せていると、土地の人たちがまだ開通して間がない東西線に乗って、浅蜊《あさり》や蜆《しじみ》を売りにくるのだと言った。

「おいしいのよ。浅蜊、蜆と売り歩いているんだけど、あっさり、しんじまえ、と聞こえてくるの」

老女は毎朝、人と出会って愉しく、孫が学校を出るまで頑張るのだと言っているらしい。

「なんだかいいなあ」

明るい表情で伝える夏帆を盗み見したが、彼女はまたどんな街かと訊いた。わたしは開園する前のディズニーランドの話や、一緒に寝起きしている出稼ぎの職人たちの話をした。河口の突堤では魚が釣れることや、砂場ではマテ貝が獲れ、それをバター炒《いた》めで食べると美味いということなどをしゃべった。

そして次の連休に待ち合わせすることになった。わたしは改札口で待った。市長選挙があるのか、駅前広場では候補者が演説を行っている。旧市街地と埋め立て地の住民の融合や、今後の街の発展を推進すると訴えていた。わたしはぼんやりと聞きながら、自分がこの街の住民ではなく、一時的にここにいるに過ぎない流れ者だという居心地の悪さを感じていた。日雇い労働で知り合った男を頼って住み着いたが、宿舎は地方からの出稼ぎ労働者ばかりだった。

隣の棟にはパキスタン人やフィリピン人、黒人もいた。彼らもわたしと同じ下働きをやる人間たちだったが、生活様式も違い隔離されていた。日本人の職人に名前が覚えられないので、パキやエフ、抱っこちゃんと呼ばれていた。抱っこちゃんは昔流行った黒い人形で、わたしはフィリピン人の作業員が、ピーちゃんと呼ばれるならわかるが、エフちゃんと言われていることが理解できなかった。後で知ると、耳から入るPhilippinesという文字のPHをFだと思っているらしかった。

彼らは建設現場で労働者が不足し、その補塡で採用されていた。元請けは労働力が足らなければ工期が遅れる。そうなれば多額の違約金が発生する。そのために受け入れていたが、みな佐藤や田中などと日本人名をつけられていた。

先日、その中のパキが百円玉を握りしめて、公衆電話の前で泣きながらしゃべっていた。誰も言葉がわからなかったが、彼の切羽詰まったしゃべり方に聞き入っていた。電話を置いた彼は、テーブルの隅で泣き続けていた。子どもが病気をしているが、日本にいてどうすることもできないと嘆いた。わたしはその姿を見つめて、彼も出稼ぎ、自分も出稼ぎ、そして全国からやってきている職人も、みな出稼ぎなのだと気づかされた。やがて職人たちが慰めていたが、パキは三日後故国に戻った。わたしたちは五千円ずつカンパをした。パキはまた泣いた。

そんなことを思い出しながら待っていたが、一時間経っても姿を現さなかった。しかし少しも気にならなかった。待っていても心が弾んだ。二ヵ月に一度前後、会っておしゃべりをして食事をするだけだったが、わたしは心が満たされていた。誰も知らない街で、自分のことをわかってくれる人がいる。それも好意を持っている女性だ。彼女の何気なく呟く言葉は心に届いた。言葉が生きる道しるべになるとするならば、夏帆の言葉は闇夜の灯台の明りだった。

だが彼女の心はわたしのほうを向いていない。歳も違う。生きる道も違う。気後れもある。会ってくれるだけでいい。それだけで満足しなければいけない。わたしはそう思い込んでいた。その彼女はいくら待ってもやってこなかった。そのうち街の照明が明るさを増した。改札口は通勤帰りの人たちが増え、わたしはようやく現実に引き戻された。

しかたなく宿舎に戻ったが、なにもする気になれない。あんなに待っていたのに。いったいどうしたのか。わたしは思案し続けていた。すると食堂の公衆電話が鳴った。おるとじゃなかですか。ちょっと待ってくれんですか。熊本から若い男と逃げてきた中年の賄い婦が手招きした。彼女は年下の男性と離れの部屋に住み、早くお金を貯めて子どもを呼ぶのだと言っていた。先日も夫がやってきて一悶着あったが、戻ろうとはしなかった。命がけの恋たいね。逃げてきた男に言い聞かせるように胸を張った。あんたも隅におけん。よかおなごのごたると女性は薄い唇を歪《ゆが》めた。

「ごめんね」

受話器を耳に当てると、夏帆は詫びた。

「仕事だったんでしょ?」

そう問いかけると、一瞬、言葉が止まった。すぐに仕事ではないことがわかった。わたしは再び駅まで戻った。彼女は紺色のコートを着て黒い手袋をしていた。休日なのに小綺麗にしている相手に違和感を抱いた。

「悪いことをしちゃった」

やはり美しい人だ。なぜこんな人が会ってくれるのか。たまに会えるというだけで、わたしには生きる張り合いが生まれていた。原稿はいつもぼつだったがへこたれることもなくなった。諦めなければ失敗ということにはならないでしょ? 彼女はそうやって勉強し、今の職業を手に入れた。それは彼女も大川も同じだったのだ。

「お詫びにおいしいものでも食べましょうか」

いつもご馳走してくれるのは彼女のほうだ。わたしに払わせない。お母様になにか買ってあげれば。決まって母のことを心配してくれた。自分はもう帰らない。それもいつまでも拘《こだわ》ってもしかたがないことではないか。わたしは自分のことも省みずそう思った。

「髪を切ったんですか」

白い襟足が眩しかった。

「おかしい？」

細い項《うなじ》に小さな黒子があった。

「少しも」

「嬉しいわ」

いいことでもあったのか。だが訊き出せなかった。いいことがあったとすれば、わたしは彼女を遠くに感じる。悪いことがあれば彼女よりも哀しむ気がする。

「待っていても愉しかったですよ」

それは途中までは本当のことだった。いろいろなことを考えられたからだ。

「約束って物事の始まりでしょ？　結果は別だけど」

だから約束は守らなければいけない。そんな言葉を吐く彼女を誠実な人間だと改めて思った。それに目的を持って生きている人は美しく見えない？　わたしは違うけど。夏帆は会ったこともない母のことをそう言った。確かに子どもを育てるためになりふりかまわず生きている。それが幸福や美しいということになるのだろうか。

「どこかある？」

夏帆に訊かれても知った店はない。朝早く建設現場に出て、宿舎に戻って体を癒し眠るだけだ。

「一軒だけ知っています」

そこは旧市街地にある割烹《かっぽう》料理屋で、わたしは一度しか行ったことがなかった。あのパキが落ち込んでいた日、けちだと言われていた職人が慰めようと連れて行った。一度としてお金を出したこともなく、仲間たちの輪の中に加わったこともない男が、思いもしなかったことを口にしたのだ。みんなが驚いた。

それまでの彼は仕事から戻ってくると、ワンカップの日本酒を水のように飲み干し、すぐに眠る男だった。人と会話をすることもない。それで近づく者はいなかったが、その男が誰もが戸惑うようなことを言ったのだ。なぜぼくなんですか。わたしは思わず訊いていた。あんたが一番若いとやろうも。それにここにきたのが一番新しか。承諾すると店の名前と連絡場所を教えてくれた。数人の人間が集まったが、パキはたどたどしい言葉で事の経緯を告げてまた泣いた。

そのうち気を利かせてくれた女将が、カレーを振る舞ってくれた。パキをインド人と思ったのだ。甘いカレーだったが、おいしい、おいしいと言って食べた。人のやさしさがよけいにそう感じさせたのだ。食事代は誘った男が払った。けちではなかったじゃないか。誘われた職人たちもみな喜んだ。

やがて男が昔、シンガポールで仕事をしていたことを知った。そんな時に一人息子が亡くなり、妻を詰《なじ》り続けた。諦めがつかなかったのだ。妻は精神を患い、生活もままならなくなった。それでようやく気づいた彼は、毎月、仕送りをしていた。人間は自分を見失うと、人を追いつめる。

彼は笑いながら言った。連れて行ってくれた寿司屋は、上京してきた妻と行ったことがある店だと言った。人生は孤独を癒す作業に似ていないか。孤独ってことは淋しいということだろ？　男は問いかけたがわたしは答える言葉を持っていなかった。

しかし夏帆はその店を避けた。わたしとの関係を知られたくないという雰囲気があった。そこに顔を出せばいずれは二人のことを詮索される。わたしにも負担がかかる。そんな配慮もあるのかもしれなかった。改札口で思案し、東西線で門前仲町まで出た。その店は彼女が何度か行った店だと言った。それなら浦安の店でも同じことではないか。だがそこに行きたい素振りがあった。

夏帆は門前仲町にある路地の小料理屋に入った。店は彼女には場違いのように思えた。それはわたしも同じことで、仲居が狭い部屋に案内した。いつもはあまり飲まない夏帆は、その日、銚子をいくつも頼んだ。むやみに明るく、逆になにかを隠しているようにも見えた。

「家にきてみる？」

理解できず、彼女の表情をのぞき込むと、強い視線で見つめ返していた。わたしが戸惑っていると、そうしましょうと立ち上がった。

夏帆は丸ノ内線の茗荷谷《みょうがだに》に住んでいた。駅から小日向《こひなた》に向かって狭い通りを歩き、坂を下る途中にあった。部屋は三階建ての集合住宅で、窓からは音羽や関口の街が見渡せた。広めの居間の壁にクリムトの大きな絵が飾られていた。彼女は「接吻」だと言った。男が抱擁し、陶酔している女性の表情がわたしを動揺させた。この絵にどんな思いがあるのか。見入っていると、彼女はバーボンを取り出した。こんな強い酒も飲んでいるのか。わたしは次々に彼女の知らないことを目にして困惑した。それに絵も酒も彼女の趣味ではない気がした。

「びっくりしました。お酒が強くて」

「無理しているんじゃないかしら？」

丸いテーブル。黒いソファ。本棚に並んだ医学書。分厚い茶色のカーテン。部屋にある一つ一つのものが、彼女の好みだとは思えなかった。アルコールで血色がよかった頰は、酒量がすぎたのか反対に血の気を失い、透き通るように白く見えた。

「医者じゃなかったほうがよかったかもしれない。父に褒めてもらいたいとか、見返してやりたいと考えていただけかもしれないし」

その言葉はわたしとは違った。自分は家族のことも省みないでいる。才能は地下資源だと言った小説家がいる。それを発見してくれるのは他者だ。見つけてもらうには、結局、懸命に頑張るしか方法はない。ようやくそのことに気づかされたが、止めようという気持ちにはならない。それにわたしは彼女に好意を持っている。自分の立場や生活のことを考えれば、その思いはいずれ膨らんだ風船のように弾けるはずだ。

「家族ってなんなのかしら」

酔いで目を充血させた夏帆が呟いた。寂れた過疎の町で暮らす母の姿がまた見えた。

「よくわかりません」

「悪いことのほうが多いかも。壊れても構築しようとするんだもの。うまくいくと壊したくなるでしょ？　子どもが積み上げた積み木をまた崩してしまうような」

わたしには夏帆の言う言葉の意味がわからない。父が逝ったということは、一度壊れたということなのか。それを母は構築しようとしているということなのか。夏帆はなにを思い浮かべてそう言っているのだろう。母親が逝き、父親が新しい妻をもらったことを言っているのか。病弱な母親がいつ逝くかわからない時に、父親はつきあっていたのだ。

「変？　わたし」

わたしは正直に頷いた。夏帆はやっぱりと唇をゆるめたが、いったいなにがあったというのか。会話があちこちに飛びすぎる。感情が不安定なのだ。

「今更父の家族のことを言っても、しかたがないのにね」

「家族の族って、弱い人間が群がり集まって生きる最小単位なんですって。それが一族、親族、部族、民族となって、国家を形成するんですって」

わたしはいつか読んだ本のことをしゃべった。夏帆は黙った。わたしは偉そうなことを言った気がして恥じた。その家族を不安に陥れているのは自分なのだ。

「家族が一番大切というわけ？」

夏帆は居場所がないという郷里のことを思い出しているのか。母親が死んだということはどうなるものでもない。それに父親と夏帆の人生は違うではないか。わたしはそこまで考えて我が身のことを振り返った。自分だって逝った父のことを思い続けているではないか。そう思うとまた恥じる気持ちが生まれた。

「だから男性は家族を手放さないわけ」

彼女は食い下がるように言ったが、今の会話と辻褄が合わない。彼女は沈黙をつくった。わたしもこれ以上家族の話をすると、彼女の心が一層荒れそうな気がして口を閉じた。

「疲れた？」

わたしは否定したが、アルコールのせいか疲労が体に沈殿している。それに普段ならもう寝ている時間だ。眠気が襲い、瞼が重くなっていた。

「そろそろ休みましょうか」

彼女は酔っているから入浴は明日の朝にすればいいと言った。その指示に従い、敷いてくれた蒲団に横たわると、眠りはすぐにやってきた。そのうち夢の中で雨の音を聞いていた。雨樋《あまどい》を伝い落ちる音はいつまでも続き、お酒を飲み過ぎたのか喉の渇きを覚え、それを両手で受け飲もうとしていた。だが水は両手の隙間から流れ、手のひらに貯めようとしても落ちる。いったいどういうことだ？　目覚めると、浴室で水音がしていた。夏帆が入っているのか？　また眠りに就こうとしたが、音は消えない。物音もしない。胸騒ぎを覚えて、彼女の寝室を覗くと姿はなかった。着替えて出かけたという気配もない。やはり浴室にいるのか？　そう思い返しまた横たわったが、いつまで経っても出てこようとはしなかった。

「大丈夫ですか」

わたしは浴室を少しだけ開けて覗いた。湯船にパジャマが浮かんでいる。夏帆は浴槽で眠っていた。飲み過ぎて居眠りをしているのだ。だが湯船は赤く染まっている。ようやくなにが起きているのか察知した。夏帆は蒼白な顔色をし、なんの反応も示さない。血が手首から羽衣のように揺れ動いている。わたしは湯船に入り抱き上げた。すでに意識は朦朧《もうろう》とし体には力がなかった。それでよけいに重く感じたが、浴槽から引き上げた。

「大丈夫」

意識が戻ってきた彼女はか細い声を上げた。

「救急車を呼びます」

わたしはタオルで出血を止め電話をした。相手は住所と連絡先を訊き、すぐに行けるはずだと言った。夏帆は立ち上がることができない。うずくまっているだけだ。どうしてこんなことになる？　なにか自分が言ったことが傷つけたのか。ふとそんなことも思案したが心当たりはなかった。

遠くからサイレンの音がしてきて、そのうち電話が鳴った。路地で救急車が入って行けず、担架で運ぶと言った。わたしは夏帆の現状を述べた。直に三人の男性がやってきて、ぐったりとしている彼女を担架に乗せた。

病院に運ばれた夏帆は輸血を受け、睡眠導入剤や精神安定剤を注入されたのか眠った。

「弟さんですか」

わたしは首を振った。実際、なにも知らないのだ。知っているのは勤め先の病院だけだったが、そこに連絡をすればなにもかもわかってしまう。

「身寄りの人はいないんですか」

それも否定すると、中年の看護師はわたしの氏名と連絡先を尋ね、それから夏帆の家族の連絡先を知っているかと言った。

「ぼくがみんなやりますので」

明日からの仕事が脳裏を掠《かす》めたが、夏帆のほうが大切だ。そう思うと気持ちが固まった。

「それでも連絡はしないといけませんから」

相手は訝しい表情を向けた。彼女の自殺未遂はこちらにも関係があると思っているのだ。夏帆は寝息も立てずに眠っている。酸素呼吸器は白く曇り、頬には血色が戻っていた。いったいなにがあったというのか。こんなに心を乱した夏帆を見たことがない。なにを苦しんでいるのか。明るい表情を見せているが、その裏側に、わたしが覗くことができない闇を抱えているのか。その闇の中になにが潜んでいるのか。

わたしは昨日のことをもう一度反芻《はんすう》した。酔った彼女が、抱き合おうかと見つめたことがあった。咄嗟《とっさ》のことだったので、逆に首を振った。もしそうなったとしても今の自分には、明るい将来があるわけではない。一時の感情に任せて関係を結んでも、破綻してしまうだけだ。それに本気でそんな関係になるはずがない。そう思えば思うほど夏帆への思慕は募った。

あの時、もし彼女の心の隙間に入って行ったとしたら、こんなことにはならなかったのではないか。抱き合ったとして心が晴れただろうか。夏帆はわたしを見ているようで見ていない。そのことはわかっている。彼女の向こうに男の影を見ていた。抱きたかったのはわたしのほうだ。だがそうなれば彼女の心は遠のく。だからこそ心は別のほうに揺れ動いたのだ。

朝がやってきていた。雀の囀《さえず》りが聞こえてくる。夏帆が目覚めたのは十時すぎだった。彼女はわたしの姿を目にしたが、一瞬どこにいるかわからない様子だった。

「怒っている?」

夏帆は照れくさそうに笑った。だがなぜ死のうとしたのかは話さなかった。わたしもなにも訊かなかった。

三日後、雨が降り休みになったので、改めて見舞いに行った。病室に行くと細身の中年の男性がいた。夏帆の父親にしては若すぎる。誰なのか。戸口に立っていると、相手はわたしを見つめた。頭を下げてもなんの反応もせず、身支度をしている夏帆をながめていた。しかしその視線は冷たくなかった。白髪が交じっていたが、色艶がよく、五十前後のように見えた。夏帆はわたしの気配に気づいたのか、あらと声を上げた。

「きてくれたんだ」

ありがとうと言った声は弾んでいる。わたしは退院するからだと思った。足下には赤いバッグがあり、赤いコートを着た夏帆は、今から旅行でも行くような雰囲気があった。

「もういいんですか」

「そうみたい」

夏帆はわたしより男性のほうに言った。なにも心配をしていない素振りだ。顔色を窺《うかが》われた男性はなにも言わない。

「席を外そうか」

夏帆は一瞬躊躇《ためら》うような表情を見せたが、今度は、大丈夫よねと言った。わたしは頷くことも拒むこともできず、突っ立っているだけだった。相手はその雰囲気を察知して部屋を出た。夏帆は足音が遠ざかるのを確かめると頬をゆるめた。

「心配をかけてごめんなさいね」

白い頬は以前のように血色を取り戻している。

「この三日間いろいろなことを考えちゃった」

なにを思案したのか。心の底にどんな感情が横たわっているのか。わたしには自殺をしなにもかも断ち切ってしまうほどのものもない。まして生活も環境も恵まれている夏帆には、どんな苦悩があるというのか。いつか夏帆が幸福なんてあるのかと問いかけてきたことがあったが、わたしはそれを幼い子どもの発想だと思い、彼女の表情を見つめ返した。死んでもいいと思うほどの諦めがあるということなのか。絶望するほどの哀しみがあるということなのか。生い立ちや家族のことは聞いたが、それがあんな行動を起こさせるものでもないはずだ。端正な容姿の裏側に、自分を断罪したいと思うほどの孤独があるというのか。

夏帆は元の笑顔と雰囲気を取り戻してきたが、それがわたしのせいではないことはわかっている。あの男性のせいだ。彼女には穏やかな表情を向けた。だがあの表情は心からのものではなかった。彼自身が無理につくったものではなかったのか。夏帆に配慮した態度でもなかった。かろうじて平静さを保っているようだった。夏帆はなにも言わなかった。それだけ二人の間には秘密があるのだ。それが彼女の行動に影響した。死にたいと思うことは、強く生きたいと願うことでもあるはずだ。その思い込みの対象があの男性なのだ。彼を見る夏帆の眼差しは、一度もわたしに向けられたものではない。憧憬の眼差しがある。あれはどういうことなのか。わたしは見舞いにきたのに心を乱していた。

「もういいんですか」

わたしは心を読み取られないように訊いた。

「眠っている間にいろいろな国に行っているの。愉しかったなあ。カフカまで出てきたわ」

夏帆はブラジルに行ったことやカフカの街のことをしゃべった。もしあの時わたしが目覚めなかったら、この人はどうなっていたのだろう。

「別人みたい」

わたしは正直に言った。

「生まれ変わったのかしら」

それから夏帆はまた翳《かげ》りのある表情を滲ませた。まだ癒されていないのだ。彼女の感情は言葉とは裏腹に揺れ動いている。やがて再び男性が入ってきたが、夏帆になにも言わなかった。

「ご迷惑をおかけしました」

逆に夏帆が礼を言った。相手は黙ったまま、彼女のバッグを持った。

「自分で持ちます」

「心配しなくていい」

野太い声で突き放すような言い方だった。

「お忙しいのに、先生は」

先生？　わたしは夏帆の呟いた言葉にためらった。医者ということなのか。

「浦安に住んでおられるの」

夏帆が浦安にきてみたいと言ったのは、この人物がいたからなのか。それともわたしより先に会っていたのか。それで約束に遅れたとでもいうのか。男性は視線を避けていた。

「本当にありがとう」

病院の出入り口に立つと陽が照り出していた。その光が夏帆の薄い頬を刺し、化粧をしていない頬が一段と白く感じられた。

「休みでしたから」

わたしが返答をしても、男性は近くの木々に視線を向けたままだ。何羽かの雀が枝先を飛び、タクシーがやってくると群がって逃げた。男性は自分が先に乗り込むと、わたしに話しかける夏帆を待った。彼女たちが乗ったタクシーが走り出すと、ふと淋しさが襲ってきた。それは夏帆の心が自分に向いていないと改めて気づかされたからだ。

そしてあの日から頑張れるようになった。孤独がそうさせたのだ。彼女の心の中にはわたしはいない。その淋しさを紛らわせるために没頭した。本当は夏帆がいるということで夢を見て、幸福でいたかったのではなかったのか。幸福な人間が小説など書けるはずがない。自分が不幸だと思えば深く自分の心を覗ける気がした。

やがて編集者と建設労働者の話をしていると、そういうものを書いたらどうだと促された。そんなものが小説になるはずがないと思ったが、言われるままに書いた。それが載るとあちこちの出版社から注文がきた。

ようやく書ける場所ができたが、夏帆からは連絡はなかった。一度だけ訪ねてみると、すでに引っ越していた。わたしは会える手立てがないとわかると茫然とした。あんなことをやってしまったのだ、彼女の心が落ち着き連絡がくるまで待とうと思った。躊躇《ちゅうちょ》させる感情があったのだ。だが逆に会えないと思うと未練が募った。わたしはただ彼女に向かって書いていたのだ。その夏帆はもういない。あの男性の影を断ち切ることができたのだろうか。

あれから遠い昔を思い出しよく逡巡するが、あの日々が戻ってくることはない。むしろ鮮やかに思い出が近づいてきて、いつまでも彼女は若いままだ。今頃はなにをしているのか。老いを重ね、だんだんと諦めていく修行をしたとでもいうのだろうか。遠い昔の彼女のことを呼び起こしたとしても、その面影を摑むことも触ることもできない。

6

その後、南川夏帆から連絡はなかった。会いたい気持ちはあったがそうはしなかった。それにあの男性がいる。今頃は彼が夏帆の心を癒してくれているはずだ。そう思い込んだ。仕事から戻ると、賄い婦が女の人から電話があり、連絡先を聞いたと言った。その頃のわたしは生活も落ち着き、宿舎を出てアパートを借りていた。

賄い婦からそのことを聞いて落ち着かなかった。心は高揚していた。夜が河口に降り、川面の空気は重くなっていた。夜空に飛行機がいくつも上り下りしている。夜が進行しても電話はなかった。賄い婦の聞き間違いではないか。高鳴る気持ちと一緒に不安な感情も湧いていた。夜が深くなり、もう寝なくてはと思っていると、ようやく電話が鳴った。優しい彼女の声が耳の奥に届いてきた。

「朝霧が街を覆っていて、みんな消えていくみたい」

カーテンを閉め忘れた窓からは夜が忍び込んでいる。河口のそばの部屋は湿り気を帯びていた。夏帆がなにを言っているのかわからなかった。待ち疲れていたわたしは周りを見つめ直した。夜の間違いではないか。岸の先には防波堤のようにマンションが建ち、まだ明りが灯っている部屋もあり、巨大な蜂の巣のように見えた。

「プラハにいるの」

夏帆は唐突に言った。忙しい仕事をしているはずの彼女に、自由になる時間などないはずだ。プラハにいる理由は言わなかったが、なぜ行ったかはわかっていた。カフカの街だ。いつも行ってみたいと言っていたが、今頃どうしてという気持ちが芽生えた。

「でも彼がいた家には行かないつもり。なにもかも知ってしまうと、がっかりすることがあるでしょ」

あの時もわたしは不安になった。彼女はなにを見てなにを考えていたのだろう。

「本当にきれいな街。夜も朝も。こんないい街に住んでいるとは思わなかったわ」

「お仕事ですか」

学会にでも出たのか。思わずわたしはそう訊いた。

「帰ったら会いましょうよ」

「ありがとうございます」

変な言い方と夏帆は笑った。

「上野でいいかしら」

上野は大川も好きだ。あの十七歳の時の思い出があるからだ。北国育ちの夏帆にも、郷愁をかき立てる感情があるのだろうか。わたしはあの男のことは話していない。どう伝えても人に届かない気がしていた。豊かな環境で育った彼女とは違い、大川はあの工場で懸命に働き、時間があると勉強をしていた。疲れると目の前に広がる関東平野を散歩する。なーんもなくても、生きとる実感があるったい。二十代半ばで試験に受かり喜びを噛みしめていた。わたしは夢や希望が、人間を豊かにしてくれるということをあの男から学んだ。

あれからたまに会ってはいるが、ずっと独り身だ。おれみたいな人間が子どもを持つ資格はない。変な人間やろうも。子はつくらなくても女房はいいだろと返すと、おれの血がよくないと黙り込んだ。誰にも言えないことが本当の秘密。南川夏帆も大川と似たことを言った。そのうち大川は母親が強度の精神不安で、釜山にいると言った。それなのに父親と二人だけで、あの土地で暮らしていたのだ。本当は半島出身の人間だから、隠れて生きていると噂が立っていた。あれは母親のことだったのか。

大川が医学部に入った時、狭い部屋で飲んだことがあるが、本棚の脇には遺影があった。おれにはいい親父だった、厳しさを教わったと言った。わたしはその言葉を聞いて、これからはこの男も自分も、頼る男親はいないのだと思った。飲めよ。黙っていると、ホッピーというやつたい、労働者の酒だと笑った。その後、大川は古いアルバムを見せてくれた。そこに一枚の家族写真があり、彼は若い母親に抱かれていた。

彼らの背後には大きな庭が広がり、木々が茂っていた。二人が住んでいた小屋のような家とは違い、周りには豊かさを感じさせる空間があった。母親が重い鬱病で大川とともに死のうとしていたのを、父親が止めたのだ。それから三人で暮らすようになったが、大川は誰にも言えなかった秘密をわたしにしゃべった。本当は自分の心を解放したかったのかもしれない。

そしてその血が悪いというのだ。上野はよかよ。なんか郷愁があるとやなかね。鮭でも鮎でも、鰻だって一番懐かしかとこに戻るったい。わたしが少年の頃、生まれ故郷に戻っていたのも、そんな感情があったからだろうか。猥雑だったがやさしい人間が多くいた。貧乏人はやさしくすることしかできんでっしょうが。そう父に言った老人の声が聞こえてきた。大川はあの土地のことはなにも話さない。だが上野のことはよく言う。そこにどんな郷愁があるというのか。

「大丈夫?」

わたしが改めて昔のことを呼び戻していると、夏帆が訊いた。

「なんでもありません」

「驚いた?」

「凄く」

プラハからの電話であれば、真夜中だって不思議ではない。

「お仕事ですか」

彼女は返答をしなかった。あの男性も一緒だろうか。だがわたしは訊き出さなかった。

「ごめんなさいね」

真夜中に電話をしたことだろうか。それともあの日のことだろうか。

「お元気でした？」

「あなたは？」

自分のことは答えず、逆に訊いた。わたしは少しずつ書く小説に手応えを感じていることを告げた。

「頑張っていたもの」

本当にそうだろうか。ただ縋《すが》るように書いていただけではないか。

「プラハはどんな街ですか」

わたしは話を変えた。褒められたと感じ恥ずかしさが生まれたのだ。

「想像どおり」

「カフカはどういう気持ちで生きていたのかなあ」

それは夏帆に対するわたし自身の気持ちだった。なぜ会ってくれていたのだろう。彼女とわたしの間には川がある。川を渡ろうとすることを恐れ、ただこちらの岸と向こうの岸から手を振り合っていただけではないのか。それにわたしはあくせく生きているだけだ。小説を書く場所は増えたが将来があるわけではない。しかし辞めようとは思わない。そうできない心の中に、どんな感情が潜んでいるのか。

「あなたもいつかきたほうがいいわ」

わたしには金銭的な余裕もなかったし、そうする心の余裕もなかった。

「そうですね」

「上野でいい？」

「どこでも」

わたしは曖昧な言葉を返した。

「変わらないわ。人の領域に入ってこないんだもの」

夏帆は短い沈黙の後で呟いた。その意味がわからなかった。それに今の生活状態でなにができるというのだろう。

「だんだんと霧が晴れていくみたい」

夏帆はホテルからながめる街の光景をしゃべった。わたしはその言葉に寄り添いながらカフカの街を想像した。それから彼女と出会った時のことを呼び戻した。世の中は不条理なことばかりでしょ。カフカの小説をそう言ったが、一番不条理なのはわたしの心かもしれない。常に落ち着かない感情を持て余していたのだ。あの不安は薄くなったが、今も不安定な感情に支配されている。そのことが氷解することがあるのだろうか。もしそうなることがあったとしたら、その先になにがあるのだろう。

わたしは電話を切った後にぼんやりとしていた。切れそうで切れない。つながっているようでつながっていない。夏帆はあの部屋も引き払ったが、その後なにをしていたのか。約束は物事の始まり。結果は別とも言ったが、この約束がなんの始まりになるというのか。だがわたしは会わずにはいられなかった。まだ思慕を抱いていたのだ。

しかしその後、夏帆からの連絡はなかった。約束を忘れるくらい慌ただしい日々を送っているのだろうか。わたしはそんな思いにもなって連絡を待っていた。

7

朝方まで降っていた雨が止み、陽射しが濡れた道路を乾かし始めている。わたしはビルの影を見つめていた。上野はいいだろ？　都会にしてはなんだか侘《わび》しくて。上野で会うのが、大川とわたしの決まり事になっていた。

それは彼の住まいが変わっても変わらなかった。一度前後不覚になるほど酔い、気づくと東北線を北上していたことがある。どうする？　目覚めた大川が訊いた。行けるところまで行ってみるか。わたしたちは青森まで行き、そこから青函連絡船に乗った。大川が工場で働いていた時、北海道の話をしていたが、そのことが脳裏に残っていたのかもしれなかった。

それからわたしたちは函館、大沼公園と行った。寒かったが心は温かった。生まれてはじめてキタキツネを見たし、野生の鹿も目撃した。馬鹿なことをやったのが、一番いい思い出になるな。大川の言うとおりだった。哀しみの伴わない思い出はあれだけだ。ただ行って戻ってきただけだったが、いつまでも記憶に残っている。それはあいつも同じことのようだった。

「この店も変わらないよな」

大川の頭髪はもう白い。頰も以前より肉が落ち、老いが忍び込んでいた。

「おれたちと似たようなもんだ」

テーブルもソファも黒光りしている。店の造作は古くなっただけでなにも変わらない。以前は夫婦でやっていたが、彼らも逝き、長女が続けているが客は年輩者ばかりだ。

「たまには帰るのか」

「戻れるところでもないだろ?」

大川は問いかけるように訊いた。

「今でもあの鍋の旨さは忘れられない」

「おかしな奴だよ、おまえも」

わたしはそうだろうかと思った。人は大川が苦労したというが、子どもの頃はそんなことを思わないはずだ。今生きている現実しか知らなければ、自分がどういう環境にいるかもわからない。その時代を比較できるのは、もっと歳を重ね、物事を判断できるようになってからだ。

「一度だけ戻ったことがある。マンホールチルドレンと変わらない気がしたな。それでも愉しかった。いい経験をさせてもらったさ。蛍が帯状になって飛んでいた光景は、今でも瞼に浮かぶ。誰も歩かなくなった道は夏草が茂り、自分がどこを歩いているのかわからなくなった。野鳥の鳴き声ばかりして、本当にこんなところで生きていたのかという気分だったな。しばらく佇んでいたが、いろいろなことが思い出されてきて、おれの人生がここから始まったのだと思うと、なんとも言えない気がしたさ。川の水も飲んでみた。あんなに旨い水はなかった。いくらでも飲めた。それから足下を見ると、沢蟹《さわがに》や小魚が泳いでいた。人間とどっちがいいんだと思ってしまったが、今も時々考えるよ」

わたしは夏帆とこの男がいなかったら、自分の人生はどうなっていたかと考えることがある。

「なにをやっても大差がない気がするな。ながい時間をかけて、そのことに気づかされただけじゃないのか」

小川のせせらぎを聞きながら生きて死ぬ魚もいる。岩陰で一生を送る沢蟹だっている。ものを考える人間のほうが生きる哀しみや戸惑いを抱き、逆に悩んだり、苦労しているのではないか。ふとそんな感情が走った。

「おまえは？」

「二十年前に一度」

わたしは福岡まで出かける用事があり訪ねてみたが、住んだ家はなく、煉瓦塀《れんが》だけが残っていた。その中に坑夫たちが住んでいたが、あの人たちはどこに行ったのか。彼らの幻影が陽炎《かげろう》のように立ち籠めてきた。

「苦い感情もある」

物思いに耽っていると、大川の表情に翳りが走った。彼は誰にも話していないことだと言い、小学生の頃に女性に石を投げつけたことがあると言った。相手はまだ二十歳前後で、黒人兵の子どもを生んだ。赤子を取り上げた産婆が、腰を抜かしたという噂が広がった。女性は芦屋飛行場の近くで米兵相手に働き、家族を養っていた。その彼女が腹を膨らませて戻ってきた。直に黒い子どもを生んだ。肌は黒かったが大きな瞳を持った赤子だった。こげん、顔をしちょるんよ。かわいかでしょうが。まだあどけない顔をした女性は、赤子の汗を拭いながら言った。あの頃、わたしはその女性を美しいと思い、出会うと子供心にも胸を高鳴らせていた。その相手にあいつは石を投げたと言うのだ。

「どうして？」

大川は女性が神社の脇を歩いている時に、木陰から石を投げた。彼女は咄嗟《とっさ》に赤子を庇ってしゃがみ込んだが、こめかみから血が流れていた。大川は動揺し、石を投げた自分を正当化するために、パンパン、パンパンと大人たちの口真似をして逃げた。

「おれの親父が彼女の男親から、戦争中に多くの人間を殺したと吹聴されていた。なぜそういうことを言うのかと怒りが湧いた。確かにスパイの弾圧もやったかもしれん。だから戦後は人目を避けて、あんな生活をしていたのかもしれん。それでもおれにはいい親父だった。その親父が悪口を言われていると思うと許せなかった。それなら直接言っている親に言えばいいのに、彼女のほうに矛先が向いてしまった。本当に卑怯なことをやった」

「いくら子どもでもおかしいだろ」

大川は痩せた頬を歪めた。それを知った親父に殴られたと言った。

「その後、彼女の母親が韓国人だと言うことも知った。父親とも知り合いだった。そのことでもっと驚いたのは、おれの母親も向こうの人間だったということだ。言葉では表せないほど衝撃を受けた」

わたしは肌が黒い赤子をあやしている女性を想像した。彼女は赤子が生まれて急に明るい性格になっていた。

「戻った時恐る恐る訪ねてみた。彼女たちはもういなかったが、折尾《おりお》にいると聞いた。そこで焼き肉屋をやっていた。その前に立っていたら、姿を見せた。落ち着いて穏やかな女性になっていたさ。おれはほっとして、なんだか嬉しくなった。あの時の子どもも見たさ。もう三十半ばになっていて、肌の色は少し黒かったが、二人で歩いている姿をながめていると、年輩の女性が愛人を連れて歩いているように見えたよ」

大川は表情をほころばせ、遠くから見ただけだったが、よかったなという気持ちになったと言った。

「安心したさ。棘《とげ》が刺さっているような感じだったからな」

「母親は？」

普段、わたしは人の生い立ちや育った環境は訊かないことにしている。そう思う心の底に母親の苦労も話したくないという気持ちがあった。母子家庭だと同情されることも厭だったし、人の生い立ちを訊いてなんになるという思いもある。いろいろなことがあって、今の自分がいる。わたしの心にはそういう思いがあった。

「還った」

「そうだったな」

わたしは今更大川のことを知ってなんになる、この男のことはわたしが一番知っていると思った。そして大川から生きることを学んだのだ。忍耐と辛抱。この言葉を実践したのがこの男なのだ。その大川は母親が韓国人だと言ったが、そのことでよけいに母子のことが気になったのではないか。自分もあの肌の黒い子どもと同じだ。それなのに石を投げ悪態までついた。その心の痛みを忘れることができなかった。それが彼女たちの穏やかに生きている姿を見て、自分の罪が薄まったと思い安堵したのだ。

「親父はなにも言わなかったし、こっちが母親のことを訊けない雰囲気もあった。あの人はあの人で悩んでいたはずだ。子どもを置いても故国に還る女房をどう思っていたんだろうな。しかし今はいろいろあったが、みんないいことだった気がしてくる。それに年々、昔のほうが昨日のように感じてしまうものな。昨日のことはなにをやったのか思い出せないのに」

わたしも大川と同じように、もう戻る場所を持っていない。あれだけ心配をかけた母親も九十歳になり、目も一段と悪化した。一人で暮らすのも危険だということになり、渋る彼女を近くに呼んだ。それでわたしが同居している。その老母を見て、彼女の人生はどうだったのかとよく思案する。彼女は広島に原爆が投下される一日前までそこにいて、難を逃れた。一緒に戻ろうと誘った友人は帰らずに逝った。あの時助かったという思いが、それ以来、生きているだけで幸福と考えるようになった。夫に先立たれ、苦労して子どもを育てた彼女は、本当に幸福なのかと思う時がある。

「そうだよな」

大川は黙った。すると携帯電話が鳴り、それを受けると居場所を伝えていた。

「会わせたい人がいる。会ってのお楽しみだ」

相手のもったいぶった言い方に身構えるものがあったが、同級生か大川の同僚だろうと思った。それ以外に知り合いはないはずだ。

「どうだ、その後？」

一年前、大川は大腸癌になった。しかたがないと素っ気なく言い、すでに手術をやったと告げた。肝臓への転移を疑っていたが、逆におまえも気をつけろと言った。

「早いか遅いかの問題だろ。おまえの親やおれの母親からみれば、充分すぎる」

わたしは大川の母親は知らない。この男のことを思うと、いつも一人か、父親と一緒にいる姿だけだ。ある日、家に戻ると、わたしの父が大川の父親と酒を飲み愉しそうにしていた。そばに退屈そうにしている大川がいて、こちらの姿を目にするとにやついた。

「そげん汚れて、二人で風呂にでも入ってこんな」

わたしは一瞬躊躇ったが、大川は嫌がらなかった。その頃、一番風呂に入るのは父とわたしだった。寄宿している者たちが仕事から戻り、食事前に風呂に入るので、その前に二人が入った。最初に入る大きな風呂は熱く、身体を刺すほど痛かったので好きではなかった。

「毎日入っておるんか」

大川がなぜそんなことを言うのかわからなかったが、彼らが住むところに行って、はじめて気づかされた。大川は普段は水や湯浴びをしていたのだ。一週間に一度、一キロ以上離れた浴場に行くのが楽しみだと言った。それからわたしの背後に回り、背中を流してくれた。彼は風呂に入る時は父親にもしてやるのだと言った。お返しにわたしも背中を流した。それから長風呂をして打ち解けたが、大川が父親を頼りに生きていることも知った。父親の話ばかりをして、愛情を注がれていることも知った。おれもたい。わたしが父のことを言うと、相手も一緒だと笑った。

「溺れたと思ったとばい」

わたしたちが上気した顔で戻ってくると、父はビールを注いでくれた。二人で目を合わせていると、大川の父親も促した。わたしたちは一気に飲み干した。父がもっと飲むかと瓶を傾けると、また腕を伸ばした。大川もコップを差し出した。それを飲み干すと景色がぐらりと揺らぎ心地よかった。酒の肴を持ってきた母が窘《たしな》めたが、それすら気分がよかった。自分がおとなになった気がしたのだ。

「あまいもんが好きなうちは、まだ子どもたい。苦みは大人の味たい」

大川の父親もそうだと同調した。わたしたちは、酔った、酔ったとはしゃぎながら隣の部屋に行き、大の字になった。天井がぐるぐると回り、それがまた愉快だった。あれから二人の交流は父が逝くまで続いた。

そしてあの葬儀の時、大川の父親は焼香をすませた後、なにも言わず、大きな手でわたしの頭を撫でてくれた。その父親は大川が埼玉に出ると土地から姿を消したが、彼も数年後逝った。二人は今のわたしたちよりもずっと年下で、同じ歳になった頃、改めて父は若かったのだと茫然とした。二人とも広島の原爆投下の八月六日に逝った。その日は母が助かった日でもあった。

わたしたちは仲良くなったが、それはこの世の彼らの置き土産のようだった。お互いに男親を失い、それが人生の断層をつくったかもしれないが、運命だといえばそれだけのことだ。大川はおれもおまえも、親が自殺でなくてよかったと言ったことがある。自殺なら自分の中にその血が流れていると思うと、先々も気になるだろうと言った。そうすると子にも孫にも、不安を抱いて生きるようになる。自殺はよくないと言った。わたしはそんなことを考えているのかと感じたが、生きるところまで生きればいいのだと思い返すようになった。

「誰？　ずいぶんともったいぶる」

わたしは小さな胸騒ぎを覚えていた。

「そのくらいの価値はあるかもしれんぞ」

大川が話をずらすようにまた郷里の話をしていると、背後のドアが開いた。振り向くと、白髪の女性があたりを窺っていた。ほらっと大川が言った。わたしは思わず立ち上がった。言葉が出てこない。大川が驚いたかと目尻を下げた。

「どういうことだ？」

わたしは茫然としたが、四十数年前のことが燃える導火線のように近づいてきた。

「驚きました」

夏帆がわたしたちを見つめた。

「なにかの話のついでに、田舎の話になってな。それで偶然、おまえの話が出てきた。びっくりした。二人がどういう知り合いかわからないが、親しい仲だということはわかった。だからこうしてきてもらった。実際、この人はなにもしゃべらない。それでもおまえのことを知りたがっている気がしたので、よけいなことをやったかもしれん」

大川は愉快そうに話をつないだ。

「お元気でした？」

わたしは頷いただけだった。

「どういう関係だ？」

大川がぎこちない雰囲気を打ち消すようにまた訊いた。夏帆はなにをしゃべったのか。知られたところでどうということはないが、突然だったので羞恥心も生まれていた。

「恋人」

ねっと同意を促すように夏帆は見据えた。わたしはまた驚いた。彼女にそんな気持ちがあったのか？　あるはずがない。こちらが勝手に心を高鳴らせていただけではないか。

「この人はなにも言わないし。いつ頃？」

大川が目を見開いた。

「もう四十年近く前」

それを聞いた大川は遠い昔をたぐり寄せるように黙った。

「こいつもおれも、金がまったくない時代だったのに」

「でも愉しかった」

夏帆は明るい声で応じた。確かにやさしくしてくれた。母のことも気にかけてくれた。わたしは思慕していたが、夏帆は別に慕う人がいたではないか。

「夢があっていいなあと思っていましたもの。なにを幸福と考えるか、なにを幸福とするのか、あるでしょ？」

老いてはいたが気品があった。あの頃にふと見せた沈んだ表情はもうない。つつがない人生を送ってきたのだ。わたしは勝手に想像した。

「おまえも変だが、この人もおかしな人だよ」

大川が言う意味はわからなかったが、夏帆から深いことは聞かされていないのだと思った。それから急に用事をすませたいと言い、席を立とうとした。

「気を利かせてくれるのか」

「そういうことだ」

わたしは素直に感謝した。夏帆にも遠慮が入るかもしれない。動揺する気持ちを、大川に悟られるのも厭だという感情もあった。

「なんだか今日はわけありの二人に、いいことをしている気分だよ」

大川が通りに出て行くと、夏帆は改めてご無沙汰しておりましたと丁寧な言葉で言った。その言葉遣いに時間の長さを感じた。

「小学校でご一緒だったんでしょう」

わたしはよけいなことを言って、あの男に迷惑をかけたくないと思った。

「どうかしました？」

そんなことを一瞬考えると、夏帆が尋ねた。なにを話しても困ることはないのに、どこかによく見せようとする気持ちがあるのではないか。

「いろいろなことを教えてもらいました」

わたしは苦笑いをした。

「鳥の罠の掛け方や魚の手摑み、小綬鶏《こじゅけい》も獲ったんですってね」

九州や四国に多い鳥だが、北海道にはいないはずだ。

「キジ科の鳥でチャボくらいありますよ」

わたしは手のひらを広げて見せた。あの鳥が罠にかかった時の驚きは今も覚えている。

「どうしたんですか、それを」

「二人で丸焼きにして食べました」

「残酷」

夏帆はその時だけ顔を顰《しか》めた。

「鶏のように毛を毟《むし》って？」

「あの頃はみんなそうでしたよ」

「歳を重ねるといい思い出になるのかしら」

わたしの脳裏に初めて会った時の彼女の泣いている姿が広がった。あれからもう四十年にもなるのだ。

「お元気そうで本当によかった」

「あなたも」

夏帆の言葉は途切れた。わたしもなにを話していいかわからなかった。それは彼女も同じようだった。

「今、ご一緒なの。評判もよくて、いいお医者様。どうしてあんなにやさしいんでしょ。温かみがあるの。本当に」

人に対する配慮はやさしさだ。言葉は乱暴でもあの男はそれを身につけている。やさしさは人間の特権やろうも。ちょっと偉そうか。以前、上野駅の石段を下りにくそうにしていた老女を負ぶった彼は、照れながら言った。自分が苦労した分だけ人の心がわかるのだ。

「本人に言ったらのぼせますよ」

わたしは夏帆の笑顔を見て心が解れてきた。

「なのにずっとお一人なの」

大川が自分の血が好きではないと言ったことは知っている。それでもいつか結婚をすると思っていたが、あの男はそうしなかった。わたしが考えたよりも、父親や母親のことを重く感じていたのだ。そのことを思い出したが、すぐに夏帆はどうなのだろうと思った。こんなに落ち着いた女性になっているのだ。きっと孫に囲まれた穏やかな生活を送っているに違いない。

「奥様もお元気？」

夏帆もそれ以上、大川のことを話さず切り替えた。

「ご存じなんですか」

「いい方でしょう？」

「物事にまったく頓着しない女性ですね」

わたしはあれ以来、夏帆を探さなかったという負い目を意識しながらしゃべった。

「先生がよくお話しされていましたよ」

あの後、夏帆と会うこともなく、沈んだ気持ちで日々を送っていた。休日に行くところもなく、ふと川口に行ってみようと思った。そんな気持ちになったのは「キューポラのある街」という映画の舞台が、その街のことだと思い出したからだ。大川が好きだったこともあった。あの男は朝鮮半島に戻った母親のことを、その映画から連想していたのだ。しかしわたしはその映画を観てはいなかった。

それで川口の街を歩いた。どこを探してもキューポラはなかった。わたしはキューポラをポプラと勘違いをしていて、いくら探しても見つからなかった。どこにもきれいな並木道なんてないのだ。しかたなく前を歩いている女性に道を訊くと、彼女は足早に逃げた。おかしな女性だと思ったが、わたしは薄汚れたジーパン姿で、毎日の日雇いで陽に灼けている。頬には顎紐の跡が残っている。それに痩せて貧相だ。逃げられてもしかたがないと思った。

あたりを見回して歩いていると、また赤信号で彼女が立ち止まっていた。他に誰もいない。それでもう一度訊くとまた逃げられた。怪しい奴じゃないよ。相手が露骨に接するので、思わず強く言った。彼女は工場を指さした。そこには数人の労働者がいて作業をやっていた。工場からは湿気のある熱が洩れてきて、わたしは一段と暑さを感じた。それに馬鹿にされた気分になり、真剣に教えてくれと頼んだ。

相手は小さな炉に向かってまた指さした。やはり頭がおかしいのか。小馬鹿にしているのか。本当に教えてくれないか。わたしは不愉快になった。なぜ道を訊くだけでこんな思いにさせられるのか。するとキューポラとは炉のことだと言った。

わたしは言葉を失った。キューポラが炉？　ポプラに似た樹じゃないのか。立ち去ろうとした相手に謝った。今度は逃げようとはせず、逆に不安そうな表情をしていた。それにしゃべらない。いったいどういうことだ？　わたしは理解できなかった。動く気配も見せない。人通りはなく、相手は通りの向こうのケーキ屋ばかりを見つめている。わたしは昼過ぎということもあり、その上詫びる理由にとその店に誘った。当然断られると思っていたので、逆に承諾されまた驚いた。

店に入ると安堵した表情を見せた。その代わりに店の人たちの視線が絶えず向けられ、わたしのほうが落ち着かなかった。そのうちこちらが変な人間ではないとわかると、ストーカーに遭っていて、警戒したのだと言った。それで家に近づいたので戻るわけには行かず、子ども時分から知っているこの店なら、なにかあっても大丈夫だと思ったと言った。

わたしは夏帆が興味を持っていることがわかりついしゃべってしまったが、気恥ずかしさも生まれていた。

「おもしろいわあ」

こんな話のどこがおもしろいのか。彼女は続きを催促するように待っていた。わたしはその相手と小一時間ばかりして別れたが、久しぶりに女性と話をしたという思いで気分がよかった。

そして一年近くが経ち、偶然に池袋で出会った。彼女は友人といて、わたしも知り合いと一緒だった。駅前の横断歩道でのすれ違いだったので、咄嗟に連絡先を訊いた。だが連絡をためらった。そうしたところでどうなるものでもない。小説を書いて生きていく。女性とつきあうなんて論外だ。それでも会うくらいならいいだろう。わたしは自分に言い訳をした。それに相手が会ってくれるかどうかもわからない。しかし彼女はやってきた。夏帆はそんな経緯に目を輝かせていた。

「好きだったのね」

わたしはただ人恋しかっただけなのだ。

「人生なんかあっという間」

夏帆はなにを思ったのか、感慨深げに言った。わたしは母の心配を無視し、ただわがままに生きてきた。人は誰かの犠牲で生きているのではないか。母はわたしのために。夏帆はあの男性のために。いつも逡巡し、矛盾とのせめぎ合いで生きてきた気がする。いったいどんな生き方がよかったのか。考えても過ぎ去った日々は戻ってこない。そんな気持ちにもなっていた。

「そう思います」

彼女には出会って三度目に親に会わせられた。訝しそうな視線も向けられた。こんな真面目な女性とつき合えるわけがない。わたしは家庭料理を食べさせてもらった帰り道に、もう連絡をするのは止めようと思った。だが数ヵ月するとまた電話を入れていた。彼女も会ってくれた。ストーカーと思っていたのにおかしな奴。彼女はこちらの連絡先も知らなかった。それはわたしと夏帆の関係に似ていた。そのうち夏帆からも連絡はなくなった。わたしは未練を断った。人は人と同じことをやるわね。遅いか早いかの問題。母は所帯を持つことを喜んでくれた。

「よかった」

夏帆は囁くように言った。彼女はどうなのかと考えたが、自分のことは話さなかった。

「ごめんなさいね」

すると夏帆は突然に言い、プラハの話をしだした。やはり覚えていたのだ。なぜあの後、連絡をくれなかったのか。

「昨日のような気がします」

夏帆はあの頃と違い快活になっていたが、この数十年の間になにがあったのだろう。憂いを含んだあの表情はもうない。

「気分を変えるには環境を変えるか、知らない土地に行くのが一番でしょう。急にあの街に行ってみようと思ったの。それであなたのことを思い出したの。変でしょう？　そんなことでお電話をするなんて。それも真夜中に。わたしのほうは朝でしたけど。霧に包まれた朝で、なんだか自分がその中で誰にも見えず、消えているみたいだった」

わたしはやっぱりという気持ちになった。まだあの男性との関係を引きずっていたのだ。初めて出会った時も似たようなことを言ったではないか。夜が好き。わたしはその言葉に心がざわついた。しかし今では彼女の気持ちがわかる。ままにならない感情を持て余していたのだ。そのことを沈めるためにプラハに行ったのだ。現実からの逃避？　ならばあの高校生の頃の自分と同じではないか。わたしは東京に。彼女はカフカの街に。それでこうしてこの人と出会い、大川とのつきあいもつながったのだ。

「いつも堂々巡り。犬が自分の尻尾を嚙むように回っているの。それで勝手に自分で目を回しているの。滑稽」

心が満たされることを幸福というなら、あの頃の彼女もわたしも幸福ではなかったはずだ。本当はその感情を癒すために生きているのが、わたしたちの人生ではないのか。生きていて充実感を覚えることは少ない。あったとしても夏の夜の流れ星のようなものではないか。たまにあるから、またありますようにと願って生きる。夏帆にとってその願いの先にあるものが、あの男性ではなかったのか。そしてわたしの願いが夏帆ではなかったのか。

「でもお元気そうで、なによりです」

夏帆の話は時空を超えるようにあちこちに飛んだが、自分のことは話さない。それとも大川に聞いているとと勘違いをしているのだろうか。二人が同僚だということにも驚かされたが、こうして再び南川夏帆と会えていることのほうがもっと不思議だった。

「夏帆さんも」

わたしはそう言って戸惑った。一度も夏帆なんて呼んだことはなかったのだ。その感情が耳朶《じだ》を温くした。

「歳だけは重ねました。もうなにもできない歳になってきましたけど」

わたしはその言葉を聞いて、ふと彼女に生活の匂いを感じないことに気づいた。指先には薄いピンクのマニキュアを施し、ブルーサファイアのイヤリングもしている。指先も細く若い女性のようだ。老いていても華やかさがあった。

「でもお二人が羨ましい。ずっとおつきあいをしているんですもの。あいつのおかげでずいぶんと助かったことがあるって」

大川はそんなことを言っているのか。あの男をそばで見て、生きてこられたのはわたしのほうだ。

「なにもおっしゃらなかったもの」

わたしは謝ることでもないのにすみませんと言った。医師である夏帆に大川のことは言いにくかったのだ。しゃべると自分が比較されそうな気もしたし、大川がそこまで頑張れるのかという感情もあったのだ。

「あいつも妙な奴ですよ」

「そういう人のほうが、人間らしいと思いません？」

夏帆が恋こがれたあの男性も、そんな人間だったということなのか。わたしにはそうは見えなかった。それとも初めからこちらの心の中に、あの男性を受け付けない感情があったからなのか。わたしは夏帆に対して、あなたもそうではと訊きたかったが、それは彼女を茶化すことだと感じて言葉を飲み込んだ。

「意志の強い人ですよね」

確かに大川は、あのゴム工場で働きながら夢を叶えた。生活費がかかると言って、寒い冬は暖房もつけず、服を何枚も重ね着し、首にマフラーを巻き、その上手袋をして勉強をしていた。生きることになにか意味があると思うか？　なにもないからなりたいものになろうとするのが生き甲斐じゃないのか。わたしは大川がなにを言っているのかわからなかった。いいことはなんでも苦しみから生まれてくると、思うことにしているのさ。そのこともわからなかった。そんなことが生き甲斐になるというのか。

大川は思いを遂げた。わたしが見ていたあの男は、もっとも苦しみの中にいたはずだ。その苦しみや哀しみを喜びに変えたのだ。そして医者として生活には困らなかったはずなのに、所帯を持とうとしなかった。この世にいるのは、おれ一人で充分。なにをそこまで思い込ませるものがあるのか。好きな女性がいた気配もない。一度だけ若い女性を連れてきて、三人で飲んだことがあるが、自分の娘のような年齢だった。

彼女が帰ると大川は言い渋っていたが、病院でアルバイトをしながら、看護学の修士課程に行っていると話した。それで？　とわたしは訊き返した。

「ほかになにがある？」

大川が反対に訊き返した。

「なぜ連れてきた？」

わたしの質問に大川は笑った。

「ずいぶん頑張り屋さんだ。母一人子一人で頑張っている」

それから学資の手助けをしていると言った。なんだ、パパ活ではないか。

「ただしなんの関係もないぞ」

相手は勘繰りに先回りするように言った。

「まあ、いいじゃないか」

大川は彼女の母親が病気になり、大学を続けにくくなったので、面倒を見ていると言った。わたしはにわかに信じられずまた問い返したが、あいつはああと返答をしただけだった。

「少しは人のためになりたい」

それが彼女だということなのか。

「援助交際というものもあるらしい」

おまえがそうじゃないのかとまた問いかけたくなったが、くどい気がして言葉を止めた。すると娘を持ったような気持ちになると、目元を柔らかくした。相手は父親も亡くなり、その上、母親も倒れた。自分だけが好きにすることはできないと、アルバイトを辞めようとしていたので引き留めたらしい。

「逆に困っていた」

わたしはそうだろうなと思った。彼女のためにそれがいいことか悪いことかはわからない。

「こっちは独りもんだし、それであの子が頑張ればいいじゃないか」

「おまえは気分がよくても、相手は違うだろ。心の負担になる。迷惑しているかもしれん」

大川は多分なと応じた。相手もそう思うから二人だけの秘密にしてある、いい秘密というのがあると初めて知ったと言った。わたしは身勝手な思い込みだと感じたが、大川は自分の苦労してきた生き方を、女性に重ねていたのだ。希望がある間はどんなことでも、苦労にはならないと言ったことがあるが、相手のその夢を彼が壊しているようにも見えた。しかしそれが反対にこの男の夢になるのかと思い直すと、それ以上問うてもいけない気がした。話はそれで終わったが、頑なに所帯を持たない大川の中には、まだどんな闇が横たわっているのかと思案した。

もし大川が父親だけではなく、ほかに家族がいたら、あんな生き方ができただろうか。つきあう親族もおらず、自由だったから、自分の思いを貫き通すことができたのではないか。逆に夏帆は男親や義母、腹違いの弟がいたから苦しんだのではないか。なにを考えても、結局は自分のことを考えているのよね。いつか夏帆はそう呟いたが、その言葉の意味がわかるようになった。その後、大川は若い女性のことは話すこともなく、まして彼女と一緒になるということもなかった。

「だからきっと先生は頑張れたと思います」

わたしは大川の生き方を見てきたが、女性の影もない。勤務以外はなにをやっているかも知らない。趣味というものもない。あるとすれば大宮の街で飲んでいるくらいなものだ。わたしは彼女の言葉で、あの男の日常を案外と知らないことに気づかされた。

「自分の人生を人にも家族にも束縛されずに、自分にだけ使いたいとおっしゃったことがあります。一番の贅沢だとも言われていましたけど、どうなんでしょう？　それとも人や女性にも関心が薄いのかしら。それ以外は本当にいい先生」

もしそれがあの男の生き方だとすれば、なぜ医師になろうとしたのか。人間に関心がなければ、そんな職業を選択するはずがない。それも精神科医だ。人の気持ちがわからない者に、相手を癒すことができるのだろうか。夏帆が大川の話をすることによって、共通の話題ができた気持ちになり、わたしたちは打ち解けていった。そして一時間半近くが過ぎて大川が姿を現した。顔が赤くなっていた。

「もういいかい？　鬼ごっこで捜してもらえない子どものような気分だったよ」

大川が二人の顔色を窺った。

「飲んでいるのか」

「アメ横に飲める店がたくさんあった」

やっぱりとわたしは言い、相手の赤い顔を見直した。それからこの男が人に関心がないことはないと考え直した。もしそうであれば、あの学生の面倒をみるわけがない。それにそうではないことは、わたしが一番知っているはずなのに疑念を持ったのだ。

「街も変わる。人も変わる。上野も変わるということか」

上野は田舎者が多くいていいところだろ、おれたちと一緒でと追い打ちをかけた。おれたちはダムで堰《せ》き止められ、戻れなくなった鮎みたいなものだと言ったこの男の声が届いてくる。あの日、東京駅でながめた綿毛のように、ふわふわと飛んでここまで生きてきたのだ。

「ありがとうございました」

夏帆が引き合わせてくれたことに感謝した。

「滅多にこういうことはあるものではないから。どんな話か聞きたかった気もするが、それも無粋すぎるしな」

「それで飲んでいたのか」

「逝くまでの暇つぶしみたいなものだろ」

暇つぶしで生きられないことは、この男が一番知っているはずだ。真面目に生きてきたから、今のおまえがいるんじゃないか。そう言いたかったが黙った。振り返っても人生が戻ってくるわけでもない。消したいことはいくらでもあるが、それは自分の生きてきた証を、後悔するようなものだ。生きているだけでいい、なにもないことが幸福と言った老母の声が脳裏をよぎった。

「そう思っているんですか」

「全然」

「わたしも」

夏帆もつられるように明るい表情をつくった。

「おれもおかしいが、この人はもっとだ」

夏帆はその言葉を打ち消そうとしなかった。

「医者をとっくに辞めて、今は事務長をやっているんだ」

どういうことだ？　夏帆は大川の言葉を止めようともしない。医師をやっていない？　父親を尊敬し、認めてもらいたいから頑張ったのではないか。それがどうして？　彼女はなにも言わなかった。

「今のほうが楽と言うんだ。思い切ったことをする女性なんだ、この人は」

「いつからですか」

わたしの質問には応えず、夏帆は弱い笑みを見せた。

「二十年はなるね。おれも同業者だと知った時には驚いた。言葉を交わすようになってわかったが、心療内科で似た患者ばかり看ていると、似たような気持ちにもなってくる。この人もそうだったんじゃないか」

二人の間でしゃべっても問題のないことらしい。それだけ気心が知れているのかもしれなかった。わたしは夏帆を盗み見した。患者を診ていて、自分も心身の均衡を失ったということなのか。だとすればそれは患者が原因ではなく、あの男性が問題ではなかったのか。蜘蛛《くも》の巣にかかった虫のようにもがき、自分のほうから一層糸に絡まっていく。彼女が紋白蝶《もんしろちょう》のように見えた。

「誰だってあるだろ。風邪みたいなもので、放っておけばそのうち治るのに。考えすぎたんじゃないのか」

わたしはあの男性のことを訊ねたかったが、古傷の瘡蓋《かさぶた》を剝ぐみたいで訊き出せなかった。

「どこかでうっちゃらないと、生きるのがきつくなるさ。自分の思うようになることは、万に一つもあるかい？　うまくいくなら神様も仏様もいらないだろ。いずれにせよ、この人はきっぱりと医者を辞めたから偉いもんさ。なにがあったか知らないが」

大川はなにもかも知っているから話しているのだ。

「本当にどうしちゃったんでしょうね、今日の先生は。飲み過ぎ？」

大川の口振りではやはり彼女の恋愛は成就しなかったのだ。妻子もいたはずだ。もしうまく行ったとしても、今度は捨てた家族のことが気になり、愉しい生活が送れない。相手に配慮する彼女が、そのことに拘って幸福になれることもない。それに人を不幸にしてまで、自分の幸福を手に入れようとする女性でもなかったはずだ。それゆえに苦しんだということなのか。

「今のほうがいいんですもの」

そう考えられないから、わたしたちは苦しむのではないか。大川が勤務する病院は、温泉治療も兼ねた総合病院だ。同業者の医師も多くいる。その中で夏帆は医師を辞め、事務職として働いているという。そんなことが可能なのか。どんな経緯でそうなったのか。心にそんな感情が走ったが、彼女は穏やかな表情を見せていた。

「さっきも言ったように、患者の心が伝染するということはあるな。気になり出すとなんでも気になる。医者は少し鈍感なほうがいい」

大川はわたしに伝えるのではなく、夏帆に向かって言った。

「それでも」

わたしは思わず呟いた。夏帆が医師を辞めたことが信じられない。その経緯がまだ理解できない。

「おれもそのことを聞いた時には動揺したさ。思い切ったことをするもんだ。自分のことでいっぱいで、社会のために役立とうという意識がなかったんじゃないか」

大川は辛辣な言葉を浴びせた。

「おまえにはあるんだ?」

「ないね。恋の病は誰も治せんさ。時間が解決するしかないだろ」

この男にもそんな感情を持つ女性がいたということなのか。それがあの娘のような女性だったのではないか。わたしは勝手に想像したが、相手は夏帆に視線を向けたままだ。彼女の感情の揺れ具合を確かめているのかもしれなかった。

「やさしい人物だったな」

あんな人間がどうして? 一度しか会ったことがなかったが、人を寄せ付けない雰囲気があった。ずいぶんと見る目が違うではないか。

「知っているのか」

「先輩になる。何度か飲んだこともある。気配りができる人間だった。苦労もしていたしな」

その性格に夏帆は心を許したということなのか。そんな男性とどんな人生を思い描いていたのか。仮に自分の思ったように成就したとしても、逆に家族の不幸を思うと、あの男性も不幸ということになるではないか。そしてあの男性の心が、いつまでも自分のところに留まっているわけでもない。それなのに思いを断ち切れなかったということなのか。

「もったいない人生さ。ファーザーコンプレックスということもあったんじゃないか」

わたしは目を伏せている夏帆を見た。そんな簡単なことでもないだろう。

「自分を追い込んでいくのが、人間だからな。なんでも自分の都合のいいように解釈する。その思いが呪文のようになって、身動きが取れなくなる。そうならない者はいないんじゃないか」

わたしは大川がずっと独り身でいることも、ああして頑張ったのも、逆に呪縛されていたものがあるからなのかと考えた。そして縁が切れた夏帆のほうが、ようやく心が解放されたということなのか。その代償が職業を変えたということなのか。夏帆は言葉を挟まない。それから無遠慮に言うこの男のほうが、本当は彼女に対してやさしいのではないかと思いついた。

「変な奴ばかりだな」

「だろう?　だからそう言った。世の中は変な奴ばかりで成り立っている。診察にくる人間のほうが、本当は健常者かもしれないだろ。世界で一番精神科があるのが日本だからな。みんな無理をさせられて生きている。その最たるものが学習塾じゃないのか。見方を変えると虐待になる。勉強をすることと人間性は別だろ。みんな共同幻想を抱いているのさ」

酒が入っているから饒舌《じょうぜつ》なのか、あるいは夏帆がいるからなのか、大川の声は大きい。それにこの男がそう言う理由もわからないではなかった。一人で頑張ってきたのだ。いつもより物事を簡単に言い切る大川に、揶揄《やゆ》する感情は生まれてこなかった。

「この人もいい気持ちではないだろ。せっかくだからもうやめるさ」

大川が気遣い、わたしたちの少年時代のことを話しだしたが、夏帆の表情も和んできた。その姿を見て、わたしは縺《もつ》れていた感情が解れていく心地よさを覚えていた。あの頃の甘酸っぱい感情が呼び戻されてきたが、気になっていた夏帆の人生が、自分の中でつながり安堵するものがあった。

この女性を恋うる気持ちが、自分の感情を豊かにしてくれたのだと思うと、悶々としていた当時の生活も、明るい光景に移り変わってくる。いい思い出も悪い思い出も、いずれはみんないい思い出になるの。本当にそうかしら。夏帆は遠くに視線を向けて、独り言のように呟いたが、あの時の言葉を憶えているのだろうか。そう言った時の気持ちの中にわたしはおらず、あの男性への思いが心いっぱいに広がっていたはずだ。

わたしが心を痛めていたことも知らず。大川が言うように、時間があの苦しみを消し去ってくれたのだ。それとも時間の堆積の中で、なにもかも思い出さないように覆いかぶせてくれたというのだろうか。

「こんな時間を持てるなんて、本当に不思議」

「なにもかも摩訶《まか》不思議なことばかりだ。魔訶とは古代梵語《ぼんご》でたくさんという意味らしい。不思議というのは、人間がいくら考えてもわからないことをいうらしい。つまりはこの世はわからないことばかりだ。そのわからない中心に神仏を置いて、神様や仏様のおっしゃる通りにしますということだろ？　その中でも人間の感情が一番摩訶不思議ということだろ？　その神様もおれたちの心の中にいるから、人間は不思議なもんだ」

大川は得意げに言ったが、納得するものがあった。確かに自分の感情をコントロールできない。理性よりも感情が優先するのもわたしたちだ。それも一番コントロールできないのが、人を恋うる感情ではないか。そのことを放棄したのが大川のはずなのに、相手はなにもかも悟ったように言った。

「どうすればいいんでしょうね」

「なるようにしかならないというのが結論」

そんなことではなかったはずだ。おまえはその運命を変えようと思って、頑張ってきたんじゃないか。それもなるようにしかならないと本気で思っていたのか。

「結局、そこか」

わたしは返す言葉を持っていなかった。多分そうだと考えたからだ。わたしはこんなこともあるのだと改めて思い返していた。もう会うはずがないと思っていた夏帆とも会えた。過ぎ去った昔が戻ってくるわけではないが嬉しかった。

「この人は病院を辞めて帰郷するらしい」

そんな思いに浸っていると、大川が突然言った。今、なんと言った？ 聞き違いだと思った。あれほど生まれ故郷を遠ざけていたではないか。もう帰ることはないと言っていたはずだ。せっかく再び出会うことになったのに。あの頃のような悶々とした感情はもうないが、老いた者同士が穏やかな関係で生きていけるのではないか。そんな気持ちを一瞬にして打ち消したような大川の言葉だった。

「なんだか霧の街もいいかなと思って」

それが鬱陶しいと言っていたではないか。しかしわたしは、彼女があのカフカの街の朝の景色を目にして、霧もいいと言っていたことを思い出した。なにもかも隠してくれるでしょう？ まだ彼女には隠しておかなければいけないものがあるというのか。

「寒いですよ」

わたしは呻吟《しんぎん》するように言った。

「たった十年ちょっとしかいなかったのに、おかしいですよね」

「お父様は？」

彼女がいつも母親のことを気にかけていたように訊ねた。

「もうとっくに」

義母はどうなのかと詮索したが訊き出せなかった。訊けば遠い昔の苦い感情を呼び起こさせてしまう。

「義母もそうなんです」

夏帆はこちらの感情を察知したのか、先回りするように言った。ならば戻ってもしかたがないではないか。

「いいよなあ。帰るところがある人は」

「ないんですか」

「こいつもそうじゃないのか」

生まれ育った福岡には叔母はいるが、もう何年も行っていない。以前、四十年ぶりに直方を訪れたが、叔母がいた駅前は整地されて食堂はもうなかった。わたしはしばらく佇み、近くにいた老人に心当たりはないかと尋ねた。夫も亡くなり、気落ちした彼女は店を閉じたと教えてくれた。土地を駐車場にし、近くで一人暮らしをしていた。わたしは訪ねようかと思ったが、逡巡する気持ちがあった。

父が亡くなると、叔母はわたしを養子にしたいという気持ちがあった。母はまだ若い。ひょっとしたら再婚をするかもしれない。ならば自分が育てたほうがいいのではないか。叔母にはそんな思惑があった。彼女は母が逃げるように郷里に戻ったことに、いい感情を持っていなかった。あるいは母が女親の本能として、わたしを取られると感じたのかもしれない。

しかし結局は訪ねなかった。そのことを知った時の母の動揺する顔が浮かんだのだ。あれだけ可愛がってくれた叔母が、以前のように関わりを強くしてきて、老いた母の心労を誘うのではないか。そう考え直すと躊躇わせる感情が芽生えた。

「なんなんでしょうね。郷里というのは。早くに出てきて、いつもデラシネのような生き方だったのに」

夏帆はあの男性のことはしゃべろうとしなかったが、長いつきあいの末に神経を疲弊させたのだろうが、事務職についた今のほうが心も晴れていると言った。

「この人もおれと一緒。所帯を持つことができなかった。好きな男とも一緒になれなかった。もったいない人生さ」

「似ていると言うが、おまえにもそんなことがあったの？」

「どうかなあ」

相手ははぐらかすように言った。

「戻られてどうされるんですか」

もう父親もいない。義母も逝った。腹違いの弟がいるが札幌にいる。今更そんなところになぜ戻ろうとするのか。

「お墓がまだあるんですよ。お坊さんに頼んではいるんですけどね」

その墓を守るというのか。そうする夏帆の姿が浮かばない。釧路の霧が厭だと言っていたはずだ。その土地が恋しくなったということなのか。あの日、彼女は朝の霧の街のことを話していた。なにも見えなかったのに、朝と共に街が浮かんでくるの。そう言ったがあれから霧が好きになったとでも言うのだろうか。

「もう決められたんですか」

彼女はゆっくりと頷いた。

「どこで生きても変わりはないさ」

大川は昔の夏帆のことを知らず、暢気《のんき》そうに言った。知ったらどんな思いになるのか。それからもしあの夜汽車でこの人に出会わなければ、あるいはあのゴム工場に大川を訪ねなければ、わたしは間違いなく別の人生を歩んでいたはずだ。夏帆は釧路で暮らすと言った。北海道も歩いてみたいし、先祖が入植した土地を訪ねたいとも言った。また彼女が遠のいて行く。この人とはいつもすれ違いだ。だが人生を導いてくれたのだ。

「お元気でいてくださいね」

「ありがとうございます」

「またお会いできればいいと思います」

わたしは丁寧な言葉遣いに彼女を遠くに感じたが、会えてよかったと思った。それから後ろ姿を見送り、その姿がビルの向こうに消えてもその残影を追っていた。

8

あれから間もなく大川から夏帆が釧路に戻ったと教えられた。そして一年も経たないうちに亡くなったと聞いた。自殺？　わたしは連絡を受けた時に咄嗟にそんな感情を走らせたが、心臓を患っていたことも知った。

もう夏帆はこの世にいない。いつも心に浮かんでは消えたが、もし彼女にあの男性の存在がなかったら、わたしはどうしただろうか。募った感情をぶつけ、思いを遂げただろうか。彼女に対する気持ちは蠟燭《ろうそく》の火のように心に灯り続けている。思いが叶わなかったからこそ、反対に灯り続けているのだ。わたしはもう諦める練習をしなくてもいい。おまえたちがどんな関係だったか知らないが、悪いふうには見えなかったからよかったさ。大川がそう言ったのは、夏帆が逝ってからしばらくしてからだった。

「こられるかい」

大川はいつも会う上野ではなく、北茨城の病院を指定した。癌にかかっているというのに、なぜこんな土地にいるのか。勤め先を変えたのか。

「おれもうすぐだ」

肺に転移しもう長くはない、それで入院しているから頼みたいことがあると言った。そこはホスピス治療もある病院だった。

「尊厳死を選ぶのか」

「そんな上等なものじゃない。人間にそんなものがあると思うか。動物のほうがはるかにあるさ」

大川はベッドで物思いに耽っていたが、わたしの顔を見ると悪いなと笑った。入れ歯を外した顔はこけていたが、血色はよかった。

「もう終活はしてきたつもりだが、ここで最後の手続きをしなくちゃいけん。それをおまえに頼むしかないというわけ。独り身の人間は最後まで不自由だな」

「馬鹿なことを言うなよ」

わたしは元気づけるように言った。癌が転移したと言っていたが、ついに肺にきたのか。

「人間は最後には肺に水が溜まり、みんな溺れ死んでしまう。海から上がって陸地で生きていても、最後はまた水の中で死ぬということ」

「まだ冗談を言えるんだな」

「弱気になっているのは事実だが、それもしかたがない。人間はなんでもしかたがないとうっちゃって生きているもんさ」

この男はそうして生きてきたのか。母親も父親のこともそう思って。わたしは強い人間だと改めて思った。

「みんな逝ってしまう年齢になった。順番だ。おまえがアンカーということかもしれん。おまえの親父もおれの親も。彼女も。比較はいかんが、どうして彼女があの男に拘っていたかわからん。もっとも人がどう思おうが、彼女がいい男だと感じて生きていれば、こちらがとやかく言うことでもないがな」

大川は自分の体調のことも気にせず、夏帆のことをしゃべった。

「みんな知っていたのか」

わたしは素直に訊いた。

「ああいうことは身近にいると、耳に入ってくる。それに先輩でもあったからな」

「聞いたのか」

いいやと大川は否定した。

「勘違いしたかもしれんし」

「どっちが」

「両方」

夏帆もあの男性も勘違いをした人生だったというのか。ならばおまえは？　そしてわたしは？　こちらも思い込みだけの勘違いの人生ではなかったのか。しかし夏帆はそんなふうには見えなかった。彼女には芯の強さがあった。父親を見返すためであっても、釧路から出てきて独りで頑張ったのだ。

「どうしてわかる」

「同類だからだ」

それも意外な言葉だった。寝るのも惜しんで生きてきたではないか。弱い人間であるわけがない。

「だからバリアを張って生きてきたんじゃないのか。気負って。無理をして生きてきた気もするさ。今となっては」

それから大川はホスピスの手続きと承諾を頼むと言った。血のつながりがないわたしで大丈夫かと不安を持ったが、相手の言葉を待った。

「頼れる身内がいないだろ？　母親も亡くなっているし」

「いつ?」

一言もそんな話はしたことがなかった。

「数年前。教えてくれる人間がいて、高速船に乗って行ってみた。飛行機にしなかったのは、彼女も船で日本を離れたからな。どんな気分だったのかなと考えてな。玄界灘を渡っていると、変な気持ちだったさ」

やはり母親のことを気にしていたのだ。

「どうだった?」

「釜山から慶州市まで行ったさ。家は食堂をやっていた。昼間から飲んでいる者たちもいて、繁盛していた。その店の前まで行くと、年輩の女性が呼び込みをやっていて、中に入るように促した。痩せて、背が高い女性で、母親に似ている気がしたな。身内なんだろ。ほとんど憶えていないのに不思議とそう思った。しかしおれはその店に入らなかった。母親の家なのにな」

慶州はわたしも行ったことがある。歴史の古い土地で、韓国の古都と呼ばれている。古代新羅《しらぎ》の土地で、世界遺産に登録されている仏国寺《ぶっこくじ》がある。大川の母親はその街の人間だったというのか。

「店を離れて向かいの店に入った。そこの二階から夜になるまでながめていたさ。酒も飲んだ。ホテルまで戻れないほどにな」

「それで？」

「結局は仏壇に手を合わせることも、墓参りに行くこともせず、戻ってきた。本当は怖くなっていたのかもしれん。なにかの縁で、あの人の血とつながる気がして」

わたしはもう訊ねる言葉を持っていなかった。複雑な大川の気持ちが伝わってきたからだ。それに直方にいる叔母と自分のことも重なった。

「朝、起きて、鏡に映った自分の顔を見ると、昨日の女性と似ている気がした。それになぜそうしなかったのかと考えたさ。真剣に。そこに行くまでは、必ず墓参りをするつもりでいたが、気が変わった。それがなぜかわからんかった。しかしまた日本に戻ってくるとわかったよ。世話になった親父に、気兼ねしたのかもしれん。それにおれが親父の子として、日本人でいたかったのかもしれん。もうとっくに死んでいるのにな」

「訪ねても問題はなかったんじゃないのか」

わたしは深く考えずに言った後に、配慮のない言葉を呟いたと思った。身内が増えれば、また複雑な親族関係も派生してくる。この男はそのことも気にしたのではないか。会ったこともない人々と改めて親族としてつきあっていく。その疎ましさを感じたのではないか。

「人間は本当に秘密にしていることは、誰にもしゃべれないよな」

大川は唐突に脈絡のないことを言った。

「だろうな」

わたしは相手の真意を測りかねた。

「おれは親父の子どもではなかった」

「今、なんと言った？」

「言った通りだ」

どういうことだ？　姿かたちも性格も似ていたではないか。話しかけなければ自分からは話さない雰囲気があり、近づきがたい人間だったが、息子の大川にはやさしかった。その人物と親子ではないということなのか。ならばなぜ二人で生きていたのか。

「戦後、親父が大陸から戻ってきて、折尾の町で知り合ったらしい。それ自体はなにも問題ではないが、母親に息子ができた。つまりはおれだ。だが親父は子どもがつくれる体ではなかったらしい」

話し始めたがまだ逡巡するものがあったのか、大川はまた言葉を止めた。

「しゃべらなくてもいい。おれとおまえのつきあいには関係がないことだから」

実際、この男の昔話を聞いてなんになる？　今更なにかが変わるわけではない。それにもう人生も残り少ない。ホスピスに入った大川にとっては尚更のことだ。だが相手はいいやと否定するように言った。

「なにがあったとしても、どうということはないだろ」

わたしは念を押すように言った。

「親父は子どもができないことは言わなかった。しゃべると一緒になれないと思っていたのかもしれんし、憲兵をやっていたという負い目からかもしれん。そのことも彼女には言わなかったらしい。母親は折尾の飲み屋で働いていたが、当時、そんなところで働く女は、まともじゃないと思われていただろ? その女と一緒になったのさ。おふくろも親父と一緒になったら、日本人になれると考えた気もする。しかし仲間の男と戻ると言い出した。やはり血には勝てんかったのかもしれん。それで親父はおれをかっさらって逃げたというわけさ。おれにはおまえと同じ血が一滴も入っていないということだ」

「なにか問題があるのか」

「ただそれだけだ」

「秘密というのはそのことか」

「大事だろ?」

わたしは思わず失笑した。大川らしくないと思ったのだ。そしてそのことをずっと気にしていたというのか。

「秘密になるのか、それが」

「おれにとってはな」

「よくわからん」

「親父は相手に男がいたこともショックだったらしい。子どもができていたことは、もっとそうだったかもしれん。しかしおれは戸籍上では親父の子どもになるから、故国に戻るなら、おれを置いていけと言った。そうすれば諦めてくれると考えたんだろ。それでも戻ったということは、子どもよりも大切なものがあったんだろうな。おれとあそこに住んでいたのも、探されないように身を潜めていたのさ。おかしな親さ。慶州に行って、急にあの人の心情を思うと、やはり自分は会わないほうがいいと思ったのかもな。おれ自身にもよくわからん」

わたしの母はどんなことがあっても、自分が育てていくと決めると、心が楽になったと言ったことがある。それで叔母の家に行くことが気にならなくなったらしい。そのことでわたしはふらふらする性格になった気もする。帰り道に途中下車して萩や青島を歩いた。知らない土地を歩いていると重かった心も晴れた。

「もうすぐ逝くのに、おまえに話してみたくなった。驚いたか」

大川は偉ぶるように言ったが、それは彼の虚勢だった。

「少しはな」

「最後までなにも言わなかったが、どういう気持ちだったんだろうな。裏切られたと思ったのか、そういう女だったのかと諦めたのか。どうだったんだろ」

わたしは大川の母親の哀しみを思った。子と別れて哀しまない親はいないはずだ。その負い目を持ち続け、幸福と感じることは少なかったのではないか。相手の同胞とどういう気持ちでそうなったか知らないが、なぜ所帯を持った大川の父親を裏切ったのか。父親の辛苦もわかる。母親の悲嘆も見えてくる。それに心身の均衡も失ったというではないか。そのことも関係があるのではないか。大川はその血にも畏怖したというのか。

そして夏帆と親しくなっていたのも、母親と同じように感じたからではないか。自分も知っているあの男性と、夏帆がどうにもならない関係に陥って、もがけばもがくほど繭のように絡まっていく。夏帆の哀しみを母親の哀しみと重ねたのだ。だから彼女が釧路に戻ると知っても、なにも言わなかったのではないか。

「考えてもどうなるものじゃないんだけどな。よく若い頃には思ったものさ。顔も知らない母親に向かって、どれだけやれるかやってみようと思ったさ。おれが医者になったのも、そのことが一番。親父はそうなっても、淡々としていたな。自分の子どもじゃないから、複雑な気持ちもあった気もする」

「どうしてわかった?」

「折尾で親父を見た者がいて、ずっと跡をつけた者がいたらしい。それでおれたちがいた場所を捜し当て、おれのことを突き止めた。世の中にはお節介な人間がいる。相手は母親の知り合いだったから、善意のつもりだったのだろうが、こっちには有り難迷惑。びっくりしたさ。ああいうのを青天の霹靂《へきれき》というんだろうな。おれにとっては大事件だった。生きている証が根底から崩れ去った。それで母親がどこにいるかもわかった。しかしずっと会おうという気持ちは湧かなかった」

大川は視線を泳がせた。

「いつ知った？」

「ちょうどおまえが遊びにきてくれた頃だ。一度、警察が訪ねてきたことがある。その時の親父の拳が血塗れになっていた。学校から戻ってくると、暴力事件を起こしたことはすぐにわかったさ。話をした男をぶん殴ったのさ。それで警察に連行されたが、戻ってこなかった。ひもじい思いもした。心配もした」

「その間、どうした？」

知らんのかと大川は訊いた。

「おまえの親父がやってきて、弁当を持ってきてくれた。あの飯は旨かったなあ」

そんなことがあったのか。父も母もなにも言わなかった。知らなかったのは自分だけだったのか。惚けるなら、死んだほうがましだわね。老母の声が蘇ってきた。どうしてと訊くと、なにを話すか、わからんでしょうがと言ったが、夫に言えても子どもには言えない、子どもにしゃべれても夫に言えないということがあるということなのか。

「わかってつきあってくれているのかと思っていた」

「全然」

「いい親父だったな。おれの親父もそうだったが。なにもやってやれなかったが、感謝している。もっともなにかをやろうとしても、一切断っただろうが。警察から戻ってきて、一言も話さなかった。おれも訊く雰囲気ではなかった」

「驚いたな」

おれもだと大川は言い、びっくりすることばかりだと付け加えた。わたしには彼の父親の淋しさが見えた。

「歳を取ってくると、昔のことばかり近づいてくるから、妙なもんだ。それに後悔することばかりさ」

「おまえにもあるのか」

当たり前だろと大川は言い、事故で欠けた指先に視線を落とした。

「本当は外科医になりたかった。ここが欠けた時はさすがに落ち込んだ。それで調べて、精神科医があることがわかった。それでよかったかどうかわからんが、よかったと思うことにしている」

「よかったんだろ。それで」

いい人生か悪い人生か自分で決めるしかないが、そう思うならいいものだったと自分を納得させるしかない。

「おまえは？」

わたしは応えにくくて、逆にもう一度訊いた。

「まああだったというところじゃないか。もう直に逝くというのに、この体たらくだもの。おれにはおれの生きるスタイルがあると思って生きていたが、どうなんだろうな」

わたしは大川が呟いた、生きるスタイルという言葉を噛みしめた。それがどんな生き方か理解できなかったが、自分はそんな気持ちを持って生きたことがあるのだろうか。思いもしなかった言葉を受けて、わたしは戸惑った。

「なにかあったら後のことは頼むよ」

「ずっと生きたらどうなる」

死にたいというのは生きたいという裏返しでもあるが、その気負いは大川にはなかった。だがそんな感情がない人間なんかいるはずがない。その思いを多く持っているから人間ではないのか。

「人間も草木と同じように朽ちる。不老長寿なんて妄想。死ぬから人間」

死があるから生きることを意識させられる。本当に人生を考えるようになるのは死を意識し出してからだ。たっぷりと人生があると思う時には深くはなにも考えない。やり直しが利かない時にわかっても、もう遅い。それらのことを後悔というのではないか。わたしは大川がそう言っているのだと思った。

「まあ、いいさ」

それからなんの脈絡もなく、惚れていたのかと南川夏帆のことを訊いた。わたしは唐突に訊かれてまごついたが、正直に応じた。

「おまえの秘密も大したことはない」

確かにわたしの秘密も消えた。彼女があの男性の死で未練を断ち切られたように、こちらも彼女の死で同じようになった。寒いところで生まれ育ったから、あの人が暖かい夏の名前にしたらしいの。清々しい風に吹かれて、人生を乗り切るようにって。その南川夏帆はもうこの世にいない。父はあの人と一緒のお墓。わたしは母と同じお墓。父のお墓に二人の妻が入ると、あの世でもおかしなことになるでしょ？　そう言って薄い笑みを見せたが、それだけの理由ではなかったはずだ。誰もいない郷里で、戻ってきた鮎や鮭のように生を閉じたが、本心は父親も母親も好きでしかたがなかったのだ。

あの男性に自ら縛られるように生きたが、本当はあの人物も夏帆に縛られ続けて生きていたのだ。わたしは叶わぬ夢として呪縛から逃れ、人生を終わろうとしているが、今更どうなるものでもない。もしあの男性の存在がなかったら、あるいは夏帆が年上でなかったら、そして自分が小説を書かない生き方をしていたらと、数え切れないほど思案したが、それでも振り向いてくれたかどうかはわからない。いつまでも思慕は募ったが、その思いはいずれ消えていく。だがそうはしたくなかった。

「痛むのか」

「生きている証拠だ」

大川は一瞬顔を歪めた。

「あまり邪魔をしてもいけないから、そろそろ姿を消すよ」

「迷惑をかけた。お世話にもなった。おまえが彼女と一緒になっていたら、どんな人生だったんだろうな。退屈だから、今日はそれを想像して眠るさ」

「ありがたいことだ」

わたしは苦笑いをした。

「奥さんにもよろしくな。迷惑をかけることにもなるし」

大川はこちらの心を読んだように言ったが、わたしはなにも言わなかった。

「おい」

病室を出ようとすると、再び大川が声をかけた。振り向くと、ありがとうなと弱々しく手を上げた。

「なに?」

「それだけだ」

「そのうちまたくるよ。一緒に」

三日後、病院から連絡を受けた。大川が死んだと言うのだ。まだ元気だったではないか。

「どういうことでしょうか」

わたしは疑問を看護師に投げた。まだ早すぎるではないか。確かに後のことは頼まれた。だがもっと時間はあると考えていた。それに転移しても、何度も手術をしてまだ生きようとする気力はあったはずだ。

「自分でみな外してしまいましてね」

若い医者は大川が自らチューブを取り外し、逝ったのだと教えてくれた。おれにはおれの生きるスタイルがあるんだよ。大川が笑みを見せて呟いた声が聞こえてきた。あの言葉は生きようとする言葉ではなく、自ら逝くための言葉だったのか。人生なんかあっけないもんさ。おまえもそうだろと問いかけた。医師はわたしよりも動揺しているのか、午後から手術があると姿を消した。

9

木村美花は一人だった。夜が降りだしてもじっとしている。人々が愉しそうに話し合っている中で、思い詰めたように身動きしない。表情は沈んだままだ。それでもわたしの姿を目にすると席を立ちやってきた。目は充血している。やはり泣いていたのか。そばに腰を下ろしたが、視線を合わせようとせず、遠くの街並みに視線を投げた。

「アルバイトは？」

わたしは沈黙が傷つける気がして声をかけた。

「今日は入っていないんです」

「たまには休息も必要？」

「だからプラハにこられたんですか」

もう半世紀前のことを話してもしかたがない。話せば夏帆の面影が消えてしまう気がしたのだ。

「本当は東京に好きな人がいたんです。別れてしまったんです」

美花は視線を落とした。

「恋愛の成就はなんだかわかりますか」

相手の返答はなかった。

「結婚だと思うんですけどねえ。好きな人と一緒になりたいと願う人はたくさんいます。でもそうできる人は、十人に一人もいない気がしますが」

わたしはいつか夏帆が言った言葉を伝えた。美花は判然としないのか返答に窮していた。

「だから恋愛はみな失恋ということになりますかねえ」

美花の表情が柔らかくなった。わたしの脳裏に夏帆の姿が走った。一番初めに思い浮かべるのが一番好きな人。あの言葉を初めて聞いた時に、わたしは夏帆の瞳を盗み見した。目の奥にはあの男性の姿が浮かんでいたはずだ。

「好きだった人がいたんですか」

「遠い昔の話です」

それは嘘だ。もう手に入れることのできない思い出を、わたしはまだ追いかけている。美花は黙っている。遠く離れれば忘れられると考えているのだろうか。しかし遠くにいれば、思いがもっと近づいてくるということを知っているのだろうか。それに気づいたから逆に苦しんでいるということなのか。

「もう会えることはありません」

それゆえに思い出をたぐり寄せているということなのか。それならばわたしと一緒ではないか。

「生きておられるんでしょう?」

美花は弱い眼差しを向けた。もう会えることはないのだ。それゆえに近くに感じるのだ。わたしは黙っていた。

「ごめんなさい」

こちらの感情に気づいたのか、美花は謝るように言った。

「しかたありません」

結局、強い者が生き残る。それは人間も動物も一緒だろ？　大川はそう言ったがわたしは強くない。ただ未練に縋って生きてきただけだ。人はなにを求めるかで生き方も変わってくる。人間は逃げたままで生きてはいけないはずだが、わたしは小説を書こうと思い込むだけで、自分からも家族からも、そして夏帆からも逃げたのではないか。あの夜、垣根を越えていたら、彼女もわたしも別の人生を持ち、もっと平穏な生活を手に入れられていたのではないか。慰め合うだけの夜だったとしても、不条理な感情から解放されたのではないか。臆病さが後悔を生み、未練を募らせたのだ。

「ごめんなさい。本当に」

美花はまた謝った。

「いいんですよ」

「本当ですか」

「その代わりいい思い出を持つことができましたから」

これから後何年生きられるかわからない。生きていたとしても残りは少ない。思い出がいつも近づいてくるのは、もうこの世に留まっている時間が少ないからだ。夏帆も逝った。大川も逝った。わたしだけがこの世にいられるはずがない。そのうち彼らに手招きされる世界に行くのだ。

美花が席を立った。わたしの前を老夫婦が腕を組み、白髪の女性が寄り添っている。視線が出会うと、男性が穏やかな目でなにか言いたそうだったが、声をかけず立ち去った。脇を歩く老女の顔には深い皺が走り、力の乏しい目をしている。どこか具合でも悪いのか。夫は彼女の小さな歩調に合わせていた。直に彼らは路地に姿を消したが、あんな姿を夏帆も大川も拒絶したのだ。

やがて広場は夜に包まれ、人影も朧《おぼろ》げになってきた。夜とともに霧が降りてきて広場を覆い始めている。美しかった夏帆の面影も消えようとしていた。いい？　美しいものを見るのには目を閉じるの。そうしたら逃げないでしょう？　夏帆の愁いを含んだ笑みが、閉じた瞼いっぱいに広がった。そしてわたしはその姿を再び逃さないようにじっと瞼を閉じていた。するとまた、夜は哀しみを包んでくれると呟いた夏帆の声が、梵鐘《ぼんしょう》のように響いてきた。

手賀沼のマリア

雨は止みそうにない。水滴は硝子張りの窓を流れ落ちている。交差点の信号が変わると人々が行き来し、その向こうの高架線には電車が出入りしていた。上野はいいなあ。なんだか侘しくて。訛りも耳に入るし。中崎芳彦《よしひこ》の声がまた届いてきた。

彼は山陰の生まれだったが、一時期、秋田に住んでいた。わたしはあの男の言葉を聞くたびに、東北のほうが故郷と思っているのかと感じていた。七歳の時に父親が亡くなり、母親の実家の角《かくの》館《だて》に預けられていた。しかし中学入学とともに戻ってきた。

わたしもまた転校生だった。半年前に父が急逝し、九州の遠賀川沿いの町から母の郷里に移り住んだが、入学して中崎と自分だけが訛りがあることに気づいた。おめ、どごから? 中崎が声をかけてきた。福岡たい。相手は返答しても薄く笑っているだけだった。それで黙っていると、秋田だば、おぎに、と言った。秋田からきた、ありがとうという意味らしかったが、お礼を言われる理由はない。そう思ったが、中崎は人懐こい表情を向けていた。

そんなことがあってから言葉を交わすようになり、知り合いのいないわたしは嬉しかった。あっちゃさんびー。こっちゃぬぎと言った。さんびーは寒い、ぬぎは温かいという意味で、それで帰ってきたと言った。本当は母親が再婚し、叔父の養子になって戻ってきたらしかった。名前は同じだば。んだからなんも変わらん。陽気な少年だったが、目に気弱な色が浮かんでいた。とんじぇねぁ、とふと本音を漏らしたことがあるが、母親と別れ淋しかったのだ。

そのうち同じように父親が亡くなったことも知った。わたしは自分と彼の環境を照らし合わせた。もし母が中崎の親のように再婚すれば、自分たちも離れ離れになるのかという懼《おそ》れも抱いた。そがな面倒なことはせんがね。わたしは不安を抱きながらも母の言葉に救われた。

やがて中崎は進学するようになると、また秋田に戻り、地元の大学の鉱山学科に入った。当然、その方面に進んでいると思い込んでいたが、スペインに渡り旅行会社の駐在員として働き、四十すぎに還ってきた。スペインに行ったのも、なにもかも一度リセットしたかったということだった。

しかし帰国し連絡が取れるようになると、彼の話から知人たちの消息もわかるようになった。すでに鬼籍に入っている者が何人もいる。妻子を捨てて若い女性と逃げた者もいる。会社をやっていたが、失敗して行方不明の人間もいる。なにがあってもそろそろ順番だな。中崎は力なく言ったが、確かに生きたとしても残り少ない。だがあの男と会うようになり、懐かしさが込み上げてくることもあった。その日もそうだった。早く着いたわたしは遠い昔のことを振り返っていた。

中崎芳彦から連絡が入ったのは、四時すぎのことだった。

「どこ？」

「江古田」

わたしが勤める大学は駅から五分のところにある。佐倉市ユーカリが丘の母の家に戻るには、池袋に出て山手線に乗り、日暮里《にっぽり》で京成線に乗り換える。往復五時間近くかけて通うが、歳とともに疲労を感じるようになった。途中下車して、安い居酒屋や立ち飲み屋に寄って帰るようになり、そのことを知って電話をくれるようになった。

中崎は御徒町《おかちまち》で化粧品や薬品の卸業の会社をやっている。会って、若い頃の話をするだけだが、彼もわたしも病弱な妻や老母の心配もあり、長居をすることはなかった。二時間もすれば帰路につく。JRの上野駅と京成線上野駅とに分かれて帰るが、どちらも始発電車なので、座って戻れるという利点もあった。ほろ酔い加減で戻ることができ、心が解れるような気分にもなった。

わたしは若い頃に、小説を書きたいと思って生活を破綻させたことがある。知人の小説家や文芸評論家に、カルチャースクールや大学の非常勤講師を紹介してもらい、なんとか生きていた。一時は基礎工事会社をやり生活は安定していたが、小説を書くという思いが払拭できなかった。

その頃のわたしは疲労とストレスで四度も倒れ、そのたびに病院に運び込まれた。さすがに限界だと感じ辞めたが、そのうちバブル経済が弾け、資金繰りが苦しくなり、残った者が資金を調達してくれと頼んできた。強引に辞めた負い目があり、家を担保に銀行から借り入れをしたが、そのうち会社は破綻し和議申請となった。わたしは大きな個人負債を背負った。住んでいた家の価値も大幅に下落し売れなくなった。

しかたなく保険金や乗用車、妻の着物など処分できるものはそうしたが、一億以上の借金が残った。それまでも二進《にっち》も三進《さっち》もいかなくなり、今度は駄目かという気持ちになったが、それなら行き着くところまで行こうと決めた。幸いにいくつかの原稿の注文もある。いずれ土地の値段も回復し、その時に売れば負担も減るはずだ。そんな気持ちもまだあった。そうして三年間凌《しの》いだ。

その間に出版社から前借りをしたし、ある年配の文芸評論家の口利きで、新聞社を退職した知人から五百万を借りたりもした。長編を書いている時には、生活が大変だからと出版部の部長が、他社に書いたものをまとめて単行本にもしてくれた。目の前で百万円をおろして貸してくれた編集長もいた。本人はなにもできず、倒れかけた案山子《かかし》のようなものだったが、多くの人がつっかい棒を宛がってくれた。世の中にはこんなにもやさしくしてくれる人たちがいるのかと泣いた。それらを生活費や借金返済に充てて書いたが、あの時、人は一人で生きてはいけないのだと肝に銘じた。当時のお世話になった人々を思い出すと、今でも心がひりひりとする。

そしてそんな暮らしを続けていると、出版社の女性編集者が九州の大学を世話してくれた。それで生まれ故郷の近くということもあり、就職しようと思った。すると同じ時期に非常勤講師をやっていた大学からも、専任講師の話があった。わたしがその編集者に事情を話すと、小説を書き続けるなら東京にいたほうがいいということになり勤め出した。それが二十二年前のことだ。慌ただしい生活だったが、多くの人に助けられて生きてきた。

「なんだかなあ」

中崎は猪口《ちょこ》を口に運んだ後に、溜め息まじりに呟いた。

「しかたがないだろ」

「結局はなにが起きても、そう言って、我が身を納得させて生きるしかないんだよな」

中崎が最近とくに気にするのは大病を負ったからだ。三年前に心臓のバイパス手術、去年は前立腺癌の手術を受けた。しかし手術は芳しくなく、再度施術をした。回復して酒が飲めるようになると、命があるだけでもありがたいと苦笑いをした。

「辞められないのか」

わたしは彼の会社を心配した。

「こんな時期だから、売り上げが減った。もう閉じようかと思っている」

彼は今流行の新型ウイルスの話をし出した。こんな世の中になるとは思いもしなかったよ。潮時かもしれん。新型ウイルスが蔓延《まんえん》しなければ、妻の甥に譲ろうかとも思っていたが、これじゃ有難迷惑だと言った。

それからしばらく思案していたが、唐突に娘がいると言った。なんの脈絡もなかったので、なにを言っているのか理解できなかった。中崎には四歳年上の妻がいて、二人には子どもはいない。

「誰の？」

「おれの」

わたしは言葉が詰まった。

「知っているのか」

「誰も」

なぜそんな話をするのか。わたしは茫然とした。

「本当なら墓場まで持って行く問題だ」

「冗談だろ？」

「だから二回も切腹をした。天罰だろ？　大國真規子《まきこ》を知っているか」

その女性は同級生だった。おとなしかったがスタイルがよく、目立つ女性だった。しかし中学卒業とともに姿を消した。電電公社に勤める親の転勤で、隠岐《おき》の島に移り住んだということだった。わたしはそれ以来会ったことがない。秋田にいた中崎はもっと接触がなかったはずだ。それなのになぜという思いが走った。

「里帰りをしているところに出会った」

「隠岐の島から？」

「その時は松江にいた。一度訪ねたことがある」

わたしは落胆した。なぜ一言もしゃべらなかったのか。言える問題ではなかったが、小さな蟠《わだかま》りが生まれた。一番親しいという感情があったからだ。中崎とは高校生の時に、温泉街のストリップ小屋に行ったこともある。場所がわからず、このあたりではないかと木戸を開けると、縁側にシュミーズ姿の中年の女性がいた。彼女はうどんをすすっていた。

劇場はどこかと訊くと、路地脇の戸口を指差した。そこには狭いステージがあった。観客席には二本の丸太棒が椅子代わりにあり、腰を下ろすようになっていた。わたしたちが緊張して待っていると、うどんをすすっていた女性がきて木戸銭を取った。

そのうち音楽がかかると、彼女が透けたドレス姿で踊り出した。女性は痩せて貧弱な体つきをしていて、蜘蛛《くも》が手足を動かして踊っているように思えた。やがて何曲かの音楽が流れ、そのたびに衣装を替え裸になっていった。わたしはもの哀しくなった。母よりも歳を取っていたのだ。中崎も同じ思いだったのか、小屋を出てもなにも言わなかった。

そしてある時はオートバイにお酒を積んで日本海に行き、栄螺《さざえ》や鮑《あわび》を採り飲んだ。それに飽きると、岩場のいそぎんちゃくに自分たちの性器を突っ込み、まだ知らない女性のことを思った。

いそぎんちゃくに女子学生の名前をつけ愉しんだが、中崎は必ず大國真規子の名前を挙げた。

「いつもあの子の名前をつけていたよな」

「憶えているのか」

わたしは戸惑ったが、それで？　と訊いた。中崎は、大國とは丸ノ内線の電車で出会ったと言った。

「茗荷谷と新大塚に住んでいた」

大國は大塚公園の近くに部屋を借りていて、日本橋のデパートに勤めていた。それでつきあうことになったが、一年で別れたと言った。

「迷ったさ」

「なにを」

「行くかどうか」

それに自分の生い立ちのこともあり、一緒になることも、家庭を作り上げるという自信もなかったと言った。それはわたしも似ていた。寡婦《かふ》になった母の踏ん張りで生きてきたが、自分もそういった環境を押しつけるのではないかという不安もあった。それなら一人で生きたほうがいい。若かったわたしもそう考えたことがあった。

「結局、怖かったんだよな。若かったし」

中崎は声を落とした。

「捨てたのか」

わたしは乱暴な口調で訊いた。中崎は再婚した母親を恨んだこともあるが、それよりもひどいことをしたと付け加えた。

「生むと言った。それで外国に行けば、諦めるんじゃないかと思った。若かったといえ浅はかすぎるだろ？　狡《ずる》いもんだ。今でもあの時の心境がよくわからない。なにも手につかなかった。どうなるんだろうとな。勝手に思い込みすぎて、少しおかしくなっていたかもしれん。もう戻るのは絶対にやめようと身勝手に思ったものな」

中崎はまた苦そうに煙草を吸った。

「向こうへ行ったのはそっちの理由だったのか」

「行くと決めていたのは事実だが、大國とのことが大きかった気がする。意識は行動を変えるだろ？　行動すれば意識も変わるだろ？　若かったから禅問答のようなことを考えていた。結局はただ逃げ出しただけなんだけどな。なにも逃げなくても、一緒に生きても問題はなかったのに。どうかしていた」

「一緒に笑い合ったこともあるだろ？」

「思い込んだんだ。悪いほうにな。それに家族を持つという思いが、まだ湧かなかった」

わたしも妻とは所帯を持つまでに九年がかかった。彼女の親にも反対されていた。小説を書きたいと思っていれば生活が成り立つはずがない。それなら一人で生きたほうがいいという感情もあった。義父母の不安は的中したが、なんとか持ちこたえて生きてこられたというのが実情だった。

「結局は母親と似た境遇にさせてしまった」

どこでもある話だろ？　中崎は同意してもらうように視線を合わせた。頼りない光が目に浮かび、少年時代の彼の目を思い出した。

「そうでもないだろ」

わたしは素っ気なく言い返した。人の痛みを知っている相手が、なぜ卑怯なことをやったのかという苦い感情が浮かんだからだ。

「なぜ、おれに？」

「堪えきれなくなったのかもしれん。三ヵ月に一度検査に行き癌の再発を調べるだろ。数値が低いと、ああ、また三ヵ月は生きられるという気持ちになる。恐怖から解放されなんとも言えない気分だ。それで帰りにご褒美として、日本酒を飲むのさ。そのおいしさといったらない。ゆっくりと冷たい酒が喉元から胃袋に落ちて行くが、あの旨さは格別だ。命の水だ。こんな気弱なことは妻にも言えない。言えるのはおまえだけだ」

「それとこれは別だろ」

「おれがそう思ったのは、おまえも会社をやっていたからさ。不用意にものを言ったり、片方の言うことを聞いたら、必ず問題が起きるだろ？　どっちの味方をしているかって。おまえはそういうことを知っているからしゃべらない。そう思った」

中崎はそんなふうに見ているのか。わたしは面映ゆかった。それでもすっきりしない感情が横たわっていた。相手がやろうとしていることは逆に禍根を残すことではないか。このままやり過ごしていたほうがいいのではないかとも考えたからだ。

「お母さんは？」

中崎はまた話を逸らした。しゃべりながらもまだ逡巡するものがあるようだった。

「なんとか」

「苦労したご褒美なのかなあ。神様の」

わたしは母に、小説家になりたいと思ったばかりに心配や苦労をかけた。その負い目があり、最後は面倒を看なくてはという気持ちになっている。実際は妻がケア・センターに通って身の回りの世話をし、こちらは月に十日前後母が戻ってくる時に、相手をしているという生活だ。先日、百歳になると、市から銀杯がもらえるらしい、それでお酒を飲んでみたいとわたしが言うと、すっかりその気になり、それでも後二年しかないと不平を言った。

口では早く迎えがきてくれと言うが、どうやらそれは本気でないらしい。耳も脚も悪くなってきたが、夜の七時になると部屋に入り、大きなボリュームでニュースを聴く。それで政治や社会情勢も知っていて話しかけてくる。わたしは聞き流しているが、惚けるくらいなら死んだほうがましだと言う。

「面倒を看させてもらえて反対に感謝しなくちゃ」

以前、中崎は覚悟を決めるのは難しいと言ったが、わたしの母のあの思い込みは、覚悟というより生きようとする欲ではないか。それに欲と希望は似ている。大國真規子に一度も会わなかったという中崎は、覚悟を決めて生きてはいなかったのか。

「おもしろいお母さんだったよな」

自分の女親と比較しているのだ。あの人は母親になることよりも、女のほうを選んだからな。いつか力なく言った言葉が蘇ってきた。

「今のおれたちよりもはるかに若い」

当時の母はまだ四十歳になったばかりだった。そんな若い親を頼り、不安と焦燥の中で生きてきた。それは中崎だって同じことだったはずだ。養子に入り母親とも離れ離れになった。わたしは幼い頃から中崎と自分を比べる癖がついていた。

「女はすごいよな。鳥や動物と一緒だ。子を育てることだけを考えて生きている。本能だろうな。

男は違う気がする」

　そこまで言ってしまったと思った。中崎の母親は子を手放したのだ。たとえ息子のためであったとしても、子はそうは思いにくい。

「子を幸福にしようとして、自己を犠牲にするという矛盾だな」

　中崎は気にならなかったのか、こちらの言葉に沿ってくれるように言った。それから話を元に戻した。

「戻ってきて、偶然、宮池に聞いた。同窓会に出て。なぜ出たのかと思うが懐かしさもあった。気になっていたこともある」

　宮池という女性は小学校の教員をやり、大國真規子とも仲がよかった。その話によると、彼女は一度も帰郷しなくなり、子どもが一人いるはずだと話した。自分たちがつきあっていたことは誰も知らない。中崎は胸騒ぎがした。あの時の子ではないか。訊くと東京のほうにいると言った。

「なにを怯えているんだろうな。逃げ出したくせに」

　わたしは大國真規子はどうしたのだろうと考えた。自分と同じように郷里に戻らない。仲間にも会わない。わたしは生活を破綻させてアパートを追い出され、浦安の建設労働者の宿舎に入った。母とも七年間会わなかった。家族から見れば行方不明者のようなものだった。だから中崎がスペインに渡ったことも、大國真規子とつきあっていたことも知らなかった。自分の生活のことでせいいっぱいで、人に目を向ける余裕はなかった。

中崎は抱え込んでいた秘密を吐露して気が楽になったのか、落ち着いた表情が戻ってきた。

「向こうも一切、連絡を取ろうともしない。田舎の人間に訊けばもっとわかるだろうが、それをやると疑われるし、ばれたら申し訳ないことになる」

「いい女性じゃないか」

わたしは中崎に頼らずに生きた大國に生きる強さを感じた。

「怒っているのさ。当たり前だが」

それが生きる強さになることだってある。喜怒哀楽の感情の中で、一番持続する感情は怒りではないか。逃げ出した中崎を恨んでいる。自分が決めたとはいえ、後悔や懺悔《ざんげ》したことだってあるはずだ。

「どうなる問題でもないかもしれんが」

「静かにしておいたほうがいい場合だってある。こっちならそうするかもしれない」

わたしは今頃になって、動揺する中崎を窘めるように言った。どんな生活をしているのかもわからない。幸福に暮らしているかもしれない。中崎が動くと、逆に彼女の生活に波風を立てることもある。それにもう四十年以上も前のことだ、治った傷口をまた開くことになるのではないか。

中崎は大病を繰り返し、自分の人生が見えてきたと考えている。その焦りもあるのかもしれなかった。

「で、どうする?」

わたしは彼の話が一通りすんだ気がして尋ねた。中崎は持っていた鞄を開け、分厚い茶封筒を取り出した。

「これを渡してもらいたいんだ」

茶封筒は開放されたままで、彼がそれを見せると札束が入っていた。わたしは驚き言葉をつなぐことができなかった。

「妻には内緒だ。五百万ある」

中崎が言うように五つの束があった。

「どうしておれに?」

わたしはもう一度訊いた。

「しゃべらないだろ? だから頼む」

「有難迷惑だな」

わたしは正直に応じた。

「歳を取れば取るほど負担になってきた。こっちもいつ逝くかわからんし」

やはりそういうことか。子が生まれる。孫が生まれる。わたしたちが素直に喜ぶのは、自分の血が未来につながって行くという思いがあるからだ。子どものいない中崎には大國真規子との子しかいない。わたしは彼がもう決心しているのだと感じると、引き受けるしかないと思った。手助けをすることによってどうなるかはわからないが、中崎の願いも叶えてやりたいという気持ちも生まれていた。

「ずいぶんと考えた」

「迷惑をかけるんじゃないか」

わたしはまだ戸惑っている自分の気持ちを伝えた。

「今までと変わらない。会うこともない」

「向こうはそう思わないだろ。おまえの家庭もある」

「だから二人の秘密だ」

自分の思惑通りにいく人生はない。それは中崎もわたしも知っているはずだ。それでもこの男は実行しようとしている。

「わかったよ」

すると彼は小さな封筒を出し、ここに連絡先が書いてあると言った。住所は我孫子《あびこ》市になっていた。手賀沼《てがぬま》の近くだった。

「おまえと同じ千葉だ」

中崎にそう言われたが、わたしが住む佐倉市とはずいぶんと離れている。電車で行けばユーカリが丘駅から上野に出て、そこから常磐線に乗らなければならない。あるいは京成成田駅で、JR成田線に乗り換えて行く。いずれにせよ家からは二時間はかかる。

「知っているか」

「多少は」

わたしが基礎工事会社をやっている時、手賀沼に架かる橋の架け替え工事を、大手土木会社の一次下請けとして請け負ったことがある。その手賀沼大橋の工事は一年以上もかかる仕事で、何度か打ち合わせに行った。沼の周りは、昔は文人や芸術家の別荘が多くあり、今でも志賀直哉邸跡や白樺文学館がある。図書館や遊歩道もあり、静かな風景が広がっている。大國真規子はあの町に住んでいるのか。わたしは便箋に書かれた連絡先にもう一度視線を落とした。

「変だろ？」

「なにが？」

「これ」

中崎は大國真規子の名前に指先を当てた。それでも理解できなかった。

「名前が変わっていない。それを知って気になってしかたなくなった。自分がそうしたのではないかと思って」

ずっと一人だったということか。わたしは中崎の思っているようには、ならないのではないかという感情がまた芽生えた。やはりこのままのほうがいいのではないか。

「頼むよ」

大きな手術を三度もやった中崎は、ずっと蟠《わだかま》って生きてきたのだ。その苦悩を解き放してやりたいという感情が勝り、無理に自分を納得させた。

二日後、大國真規子に連絡をした。ながい通話音の後に落ち着いた声が届いてきた。わたしが名乗ると、佐藤さんってたくさんおられるでしょ、どちらの佐藤さんでしたかと訊き返した。

「同じ田舎の」

「それでも三、四人おられましたよね」

「九州からの転校生だった者ですが」

相手はああと声を洩らした後に、身構えるように沈黙した。

「もしお時間が都合できましたら、お会いできればと思っているんですが」

「大丈夫ですよ」

わたしは思案していたことがなんだったのかと、拍子抜けするほどだった。二人でしゃべっていると懐かしさが湧いてきて、少女時分の大國真規子を思い出した。彼女は学校まで自転車通学をしていた。町を流れる川土手を走り行き帰りしていたが、その先の水田には、日本海が近いこともあって海鳥が舞っていた。大國がそこを戻る姿を何度か見た。川土手に突風が吹き、彼女のセーラー服のスカートが捲り上がり、白い太腿《ふともも》が見えたことがあった。だが彼女は平然と走り去った。わたしは興奮し姿が見えなくなるまで見続けていた。その大國真規子が中崎の子どもを生んだというのだ。本当はあの男の勘違いではないか。快活に話す彼女の声を鼓膜に受けながら改めて疑念を持った。

「ユーカリが丘って成田空港に向かう途中にある街？　では間を取って上野にしましょうか」

わたしは中崎と二日前も会った街だったので、すぐに返答ができなかった。その一瞬の間に、ふと彼らは会ったことがあるのではないかと考えた。二人は路線こそ違うが、常磐線も東北線も上野駅が起点だ。出会うことはなかったのだろうか。そこまで考えて、あるはずがないと打ち消した。第一、中崎は逃げ出した男ではないか。

そのことで負い目を持ち、苦しんで生きてきた。それゆえにこうして頼み事をしたのだ。逆に大國だってまだ中崎を恨んでいる可能性だってある。憎悪や怒りが残っている間は、相手がなにを言っても言葉は届かないし、逆に感情を硬化させる。あの男もそう思っているから、会いたくても会えなかったのではないか。懺悔したくてもできない。それにもう時間がない。そのことがあの男を急き立てているのだ。

「電車に乗ると一本で行きますから」

昼食を摂りながらできる話ではない。わたしは二時でどうかと時間を指定した。大國真規子の声は明るく、もし中崎の頼み事でなければ、もっと話は弾んだかもしれない。しかし時間が経過して行くにつれ、わたしの心に再び重い感情が横たわってきた。もうおれたちの人生は、カウントアップするものはなにもないだろ？　若い頃はあれもしたい、これもしたいと思ったが、これからはカウントダウンのことばかりさ。そうだろ？　酔って呟いた中崎の声が届いてきた。

確かにその通りだ。死に向かってカウントを取られているようなものだ。年齢的にもやり返しは難しい。注意深く静かに下って行くだけだろう。だから中崎はもう一度過去に戻り、起き上がろうとしているのか。そう考えたが、本当は苦しんでも、彼のほうが生きる手応えがあったのではないかと思った。

「お待たせしました」

顔を上げると背の高い大國真規子が笑みを向けていた。初対面で失礼だと思ったのかマスクを取ったが、遠い昔の面影と重ならず人違いではないかと思った。

「なんだか思い出さないわ」

大國真規子は真っすぐに見つめた。

「半世紀も経つから」

「お互い様だがね」

大國は訛りでしゃべった。

「そうだろうね」

「清田くんって、憶えとるかね？」

「脚が速かった？」

中崎からは金属会社に就職して役員になり、退職後、郷里に戻ったと聞いていた。わたしはその男のことをよく憶えている。新聞配達をしていたが、そのうち店主と交渉し、当時、七十円だった週刊誌を六十円で仕入れ、退屈な病院の入院患者に売って儲けていた少年だ。一ヵ月配達して手に入れる労賃を一日で稼いだ。それを月に四回やり儲けていたが、やがて下級生を使っていることがばれ、辞める羽目になった。

彼らには儲けの半分を払っていた。その後を店主がやりだしたので、彼が密告したのだと憤慨していた。清田はお金が貯まり、アルバイトもやらなくてすむようになると、急に勉強もできた。その金を貯金し、大学に行ったという噂も立っていたが、わたしは秘かに偉い奴だと思った。今は郷里で釣りをやったり、夕焼けを撮っていると聞いた。退屈だしな。人生はだんだんと諦めて行く修業ということさ。中崎は自分のことのように言った。

「その清田くんだがね、湘南ナンバーの車で戻っとるらしいの。それでコンビニに寄っとったら、文句を言われたらしいわね。新型ウイルスを持ってくるな言うて。田舎で誰も罹っておらんのに、みんなマスクをしておるんだって。あんなにのどかなところでもだわね。彼もしておるらしいわよ。おもしろい話でしょう？　清田くんも喜んでおった。誰一人罹っておらんのにって。なんでもいきすぎるとおかしな気がせん？」

彼女はいきなりそんな話をして和ませてくれた。石見《いわみ》弁が交ざりそれがよけいに愉しそうに聞こえた。そのことを言うと、あなたに会って、気が高ぶっているからだとまた笑わせた。わたしは九州、山陰、東京、千葉と流れて住み、彼らが使う言葉はわかっても、自分がしゃべることはもうできない。その土地ではその言葉でしゃべるが、いつも借り物の言葉のような気がしていた。彼女はわたしを同じ土地の人間として話しているのだろうか。そんな気がすると小さな淋しさも湧いた。

「戦争中もあげな感じかもしれないと言ってたわ。マスクをしないと非国民と言われるような」

大國真規子はこちらが戸惑うような色香がまだ残っていて、どんな暮らしをしているのかと想像させた。それに五十数年ぶりに会ったのに、すぐに訛りで話した。大らかに感じたが、案外と無頓着な女性かもしれない。そんな女性に中崎のことを話しても大丈夫かと警戒心も育った。

だがその感情を打ち消した。目の前にいる女性が悩んだり、苦しんだりすることがあったとしても、引き受けてしまった以上は守らなければいけない。拒めば思い詰めている中崎が困る。しかししゃべったら大國が困るのではないか。わたしは容易に切り出せなかった。

「戦争中に橋の袂《たもと》に藁《わら》人形が置いてあったんですって。そこを通る時には必ず竹槍を持って、鬼畜米英と言って、刺して通ったらしいの。それをやっていた母は、そんなことじゃ戦争に負けると言うとらっしゃった。それとよく似ておると思わん？　竹槍で新型ウイルスを刺すの」

大國は口数の少ない女生徒だったはずだ。ながい時間の堆積の中でどんな人生があったのか。母は父が亡くなった後急に陽気になったが、あの陽気さの裏側に、わたしが知らない多くの哀しみが隠されていたのだ。母と大國の笑顔の中に、ピエロのような哀しみが潜んでいる気がした。

「なにかおもしろいことありました？」

彼女は自分の話が一段落すると、大きな眼差しを向けた。肌に色艶があり、歯並びにも光沢がある。入れ歯なのだろうか。見返すと相手は笑みを残したまま見つめた。

「あるかなあ」

わたしは自分の邪《よこしま》な視線を恥じて目を閉じた。開けるとまた強い視線と出会った。

「先日、近所にできたショッピングセンターに行く途中に、褌《ふんどし》姿のお年寄りにあった。杖をついて歩いていたけど、背筋を伸ばして真っすぐな姿勢だった。その老人に、好物の納豆を買いに行きたいが、道はどっちだと訊かれた。どうしたものかと迷っていると、相手は自分の話をして、以前は大手の化粧品会社に勤めて、中国に何度も行ったとしゃべりだした。ちょうどそこに警察官がやってきたので事情を話すと、おれを誰だと思っているんだと、こんなスパイに渡すなんてと杖で思い切り叩かれたよ」

わたしはその時受けた左肘を見せた。そこは鬱血して変色していた。

「あらあら」

大國は目を見開いた。

「久しぶりにびっくりした」

「わたしたちの近々の姿かも。厭だわ、わたし」

惚けるとなにを言い出すかわからないもの。大國は顔を顰めた。中崎のことをしゃべるとでもいうのだろうか。そんなことを思ったが、老人だと感じていたあの男性は、本当はわたしとそう変わらない人間ではなかったか。すると急に背筋に冷たいものが走った気がした。そうでしょう？　怖いもの。大國は身を屈め、怯えるような仕草をした。それから一時間近く幼い頃や郷里の話をしたが、わたしはまだ話し出すことができなかった。こんな大金を受け取ってくれるだろうか。そんな感情も行き来していた。

「誰かと会うことがある？」

大國は連絡をする者や年賀状を出し合う者がいるだけで、その人物から清田のことを聞いたと言った。

「中崎とはたまに」

わたしは彼女に水を向けられた気分になり、思い切って名前を出した。相手は一瞬表情を変えたが、目を合わせず外していたマスクを口元にかけた。関心がない素振りだったが、途端に平静さを失ったように見えた。

「いろいろあってね、あいつも」

わたしは相手の反応を見た。

「お元気でした？」

大國はようやく視線を合わせたが、心が揺れ動いているのがわかった。

「それで頼まれ事をして」

彼女は再びマスクを取った。わたしが二人のことを知っていると判断したのか、それならと心を決めたのかもしれなかった。

「預かってきたんだけど」

「なんでしょう？」

「見てもらえますか」

大國はなにかしらと手提げの紙袋を覗いて手を止めた。

「これも剝がしていいのかしら」

紙袋の中に札束を入れた茶封筒がある。それを膝に置いて切って行くと、彼女の表情が強張った。

「どういうこと？」

「頼まれただけ」

わたしはまた同じ言葉を繰り返した。

「なして？」

大國は瞬きもせず見返した。

「もらうわけにはいかないわ。なんも中崎さんとは関係がないがね」

彼女はわたしにはくんづけだったが、中崎にはさんづけだ。その違いはなんなのか。なにか意味があるのか。こんなに大切な時になぜわたしはそんなことを思案するのか。

「ぼくが困る」

わたしはその感情を払い除けるように言った。

「非常識もいいところ。それに中崎さんとなんの関係もありませんから。あれから一度も会ってないもの」

馬鹿にされているのかなあ。大國は苛立ちを見せた。わたしは彼女の興奮を鎮め、中崎の話したことを伝えた。彼女は、今更に、なんだかと語気を強めた。自分を見失っているのか訛りも増えていた。心が落ち着くと白い封筒を開け、中崎が書いた文章を読み始めた。

読み終えた大國は目に涙を膨らませていた。わたしは駅に入って行く高架線の電車に目を向けた。中崎は詫びているのだ。

「変な人生だわ。わたしが悪いのに。中崎さんは謝っておるわね。会えないのはこっちのほうなのに」

中崎は子どもを生ませないために、大國は生んだために、会えないと思い込んでいたということか。病気だったかもしれんな。中崎は酔って当時のことを呟いたが、大國が生んだことよりも、自分が逃げたことのほうに心を痛めていた。

「こんなことをしても会わないと書いてある。中崎さんは中崎さんで懺悔していたんだわ」

大國は流れ落ちそうな涙を指先で拭った。それから連絡ができるかと訊いた。

「中崎の？」

大國は頷いた。中崎の言葉を確かめたいのだ。

「どうだろ？」

「お願いします」

いつもはなかなか出ない中崎はすぐに出た。だがなにも返答をしなかった。こちらの反応を窺っていた。

「今、会っている。悪いな。連絡をして」

わたしは心苦しく感じた。

「それはこっちのほうだ」

「代わるよ」

大國は頬を紅潮させて携帯電話を受け取った。

「ご無沙汰しています」

彼女の声は掠れ、震えるように応じた。彼らは近況を話し始めたが、わたしは聞いてはいけない気がして席を離れた。

それから階段を上がり公園に出た。細かい雨はまだ降り続けている。そのためか人影はなかった。目の先に西郷さんの銅像があり雨に濡れていた。それをながめていると失笑が洩れた。わたしが西郷さんと呼ぶのと、大國が中崎のことを、中崎さんと呼ぶ感情が同じように思えたからだ。

彼女はまだあの男のことを慕っているのではないか。だからこそ子どもを生んだのだ。引き留めるために。そう考えると、大國真規子がいじらしく感じられた。西郷さんのようになってみたいよなあ。以前、中崎は銅像を見上げ煙草に火をつけた。それを吹かしたが、煙はすぐに千切れた。中崎はなぜ西郷さんのようになりたかったのか。わたしはどうして西郷さんが好きだったのだろう。彼は夢を現実にしたからではないか。夢？　現実？　今、二人に起こっていることも、本当は夢なのではないか。

わたしは自分の欲望のために周りを不安に陥れ、母に多くの心労を抱かせて生きてきた。思うように生きたらいいがね。なんでも注意をして生きんといけんよ。子どものために少しも思うように生きることができなかった彼女は、わたしが何年振りかに帰郷するとそう言った。あの時どんな思いが去来していたのか。その後、小説家の端くれにはなれたが、彼女や一緒に働いていた者たちを、犠牲にしたという感情が募るばかりだ。

中崎と二人で酔いつぶれてこの銅像の下で蹲《うずくま》っていたが、確かにあの頃は生きあぐねていた。なにも将来が見えず、日々の生活に追われ、腹を空かした野良犬のように生きていた。それでも欲望を充たそうとしていた。借りたお金を返せず知人にも殴りつけられた。その唇の血を舐《な》めて不甲斐なさを泣いた。さもしい生き方をしてきた。なぜ叶わぬ夢として諦めなかったのか。

そしてあの時、中崎も感情を露呈させ、ぶじょほなことをした、ぶじょほ、ぶじょほ、と念仏のように唱えた。すんまっしぇん、すんまっしぇん。わたしも同じ言葉を唱え続けた。すると心が落ち着いてきて熱い涙がこぼれた。酔って二人で泣いた。きっと中崎は大國真規子に、わたしは苦労を背負って生きている母に。すみまっしぇん、すみまっしぇん。専修《せんじゅ》念仏のように唱えていたが、いつの間にか銅像の足元で眠っていた。当時のことを思い出し、雨の街を見下ろしていると、雪を被った列車が入ってきた。北国はまだ春にはなっていないのだ。

「どちらに行かれていたんですか」

大國真規子は目を充血させていた。

「煙草を吸っていました」

「ながい煙草」

わたしは言葉を抑え込んだ。相手の反応を知りたかったのだ。

「ありがとうございました。もう会うことも話すこともないと思い込んでいましたから。ちょっと興奮」

大國はにこやかな表情を見せた。

「よかった」

そう言ったが、本当のところは彼らの苦しみがわからない。五十年近くも心の傷として持っていたのだ。厳しさよりもやさしさが人の心を動かす。哀しみが生きることの貴さを教えてくれることがある。中崎は酔って弱い人間だと呟いていたが、わたしは大國の表情を見て、少しは蟠《わだかま》りのしこりが解れたのだと思った。いつまでも続く心の痛みは治癒できない痛みだったはずだ。

「なにかがずっと刺さっていたような気持ちだったから。ここに」

大國は胸に手を当てた。

「いただくことにしたわ。芳野《よしの》の養育費としてね。あの子にあげるわ」

彼女はすっきりとした口調で言った。

「もう孫もいるのに、養育費というのもおかしいけど。お詫び代ということかしら」

彼女は隣街の柏で洋品店をやり、芳野を育てた、どんどんと人口が増えて、運がよかったと言った。忙しくて田舎に帰ることもできず、父親が亡くなると、母親がそばにきて娘を育ててくれたらしい。今でもおばちゃんを母と思っているかもしれないわ。彼女たちの生活が目に浮かんだ。商売をやる大変さはわかる。家族団欒《だんらん》の生活は望みにくい。気苦労も多い。ストレスもたまる。わたしは四度も倒れたが、振り返ると今でもぞっとする。ずいぶんと無謀なことをやっていたという意識は歳とともに増してくる。いつ父と同じように逝ってもよかったのだ。

「慌ただしかったけど愉しかった」

子どもを育てる覚悟がそうさせたというのか。女を捨て、子どもを育てるために生きた老母をまた思い浮かべた。あれはなんだったのか。大國や老母の生き方を母性本能というなら男のわたしにはない。

「今は？」

「海外から安い衣料品が入ってくるし、競争も激しくなってきたから、十二年前に辞めたの。芳野を早く生んだので、若い頃にできなかったことを、今、やっているわ。絵画のサークルに入ったり、写真を撮ったり。撮影旅行にも行くのよ。愉しいことばかり。今のほうが忙しいかも」

人に会わなければいい思い出もできない。わたしは改めてよかったなと思った。いい人生だと思うことは少なく一過性のものだ。大國真規子の人生もいろいろなことがあったはずだが、人生の晩年にそう思える人間ほど幸福者と言えるはずだ。生きることはつらい。哀しいこともある。山道を登り切った者だけがさわやかな風を体感できる。大國は今、そのことを感じているのかもしれない。

「昔、久し振りの休みの時に、三人でボートに乗ったことがあるの。そうしたら幼い芳野がはしゃいで落ちたの。おばあちゃんはわたしよりも早く飛び込んだわ。すると今度は泥で身動きが取れないの。それでも芳野をボートに上げてくれたわ。もうわたしは泣いちゃって。そばのボートに乗っていた恋人同士が、今度はおばあちゃんを引き上げてくれた。それでみんなでずぶ濡れになって帰り、家で体を洗いお酒を飲んだの。あの時ほど愉しいことはなかった。それでもおばあちゃんは、ちゃっかりと沼に咲いていた蓮の花を持って帰ってきたわ。死んでしまうかもしれないのに、どうしてそんなことをするのかと訊いたら、あんなことがなければ滅多に採れるものじゃないと言うの。変でしょう?」

わたしは大國真規子がなぜそんな話をするのか判然としなかったが、そうだなと相づちを打った。中崎のこととそれがなにか関係があるのだろうかと思った。それから戦前まで漁師が水を掬《すく》って飲むことができたが、今の手賀沼は汚れて駄目だと言った言葉を思い出した。そこに蓮の花が咲いていたというのか。

「汚れているの？」

「本当にきれいよ」

さざ波が風を追う光景が見えた。澄んだ水面は今の大國真規子の心ではないか。

「羨ましいね」

「そお？」

相手は他人事のように言い、おまえもそうだろというような視線を向けた。そうか、わたしもそう見えているのか。少し嬉しくなり、その言葉を吟味するように黙っていた。

「もうこれで本当に終わり。わたしの終活の」

「会う？」

大國は首を横に振った。

「これは中崎さんからの手切れ金と思うことにしたの。芳野には哀しい生き方をさせたもの」

幼稚園の頃、なぜ自分の家には男親がいないのかと訊かれ、真規子は咄嗟《とっさ》に、お父さんは海外で仕事をしていると言った。すると今度はいつ戻ってくるのかと執拗《しつよう》に訊いてきた。あれはつらかったと言った。それでもぐれずに育ってくれたのは母親のおかげだ、自分一人ではうまく育てられなかったと告白した。なんだか早々と哀しみを知っているようで、わたしのほうも哀しくなったもの。大國は力なく言った。上げた目がまた充血していた。

「どうして生む気になったのさ」

そうまでしてなぜそんな気持ちになったのか。どこからその覚悟が生まれたのか。中崎は逃げたのだ。その時はつらいが、堕ろしたほうが逆に未来が拓けるではないか。

「カトリックなの。あんな田舎なのに。東京に出る時にもし男性とつきあうようになって、万が一、子どもができることがあれば、生みなさいと言われたわ。つまりは自分が好きな人とそうしなさいということ。それに怖さもあったし」

彼女は堕胎し亡くなった知人の話をしたが、わたしの耳には届いてこなかった。中崎芳彦に惚れていたのか。その感情が心に広がっていた。それなのにあの男は遁走《とんそう》したのだ。

「カトリック教徒は堕胎をしてはいけないの。だから母も叱責はしなかった。見る目がないと言われたけど。カトリックなのは曾祖父のせい。幼児洗礼を受けていたから、わたしはそんなものだと思っていたけど。曾祖父が二百三高地から戻ってきて入信したみたい」

「中崎は知っていた？」

彼女はまた首を横に振った。そういうことだったのか。逆に中崎がかわいそうになった。

「お母様はお元気？」

その話を避けたかったのか、大國は突然訊いた。

「お会いしたことがあるわね」

えっとわたしは声を洩らした。そのことも驚いた。そんなことは一度として聞いたことがなかった。

「知らない？」

「全然」

「おばあちゃんが亡くなった時。百二歳で。そのお葬式の時」

母は生まれ故郷に戻ってから誰ともつきあおうとはせず、わたしが知っていたのは祖父の次兄だけだった。その大伯父は戦前、軍事産業の役員をやっていたが、戦後、公職追放にあって郷里に戻ってきた人間だった。たまたま母と家の前を通りすぎようとしている時に出会ったが、わたしは彼のことをなにも知らなかった。姿を目にする時はいつも野良仕事をしていた。

ある日、もう東京で働かないのかと訊くと、もうこりごりだと言った。母の話ではＧＨＱに執拗に追及され、自殺をしたいと思うほど追い詰められたと教えてくれた。祖父は三人兄弟の末っ子で、呉服屋をやっていた母の実家に養子に入った。その後、祖母と結婚し母が生まれた。祖母の男親は職業軍人で、大國真規子の言う祖母はわたしの大伯母だった。

真規子の話を聞いてまさかという気持ちになった。祖父は戦争になり、その上、着物の買い付けで京都へ行った時、肺炎で亡くなった。まだ四十半ばだった。それらの影響か稼業は潰れた。戦後は厳しい生活を送ったらしいが、母は一切口外しなかった。その彼女が炭坑町で商売をやっている父となぜ所帯を持ったのか。兄と父が戦友で、生きて還ったら妹と一緒になると約束したらしかった。それでもどうして彼女が承諾したのかわからなかったが、母には父たちと同じように戦地に行った男性がいた。その彼と一緒になる約束をしていたらしい。しかし戦死したと聞き、諦めて父と所帯を持った。

やがてわたしが生まれ里帰りをすると、男性は生きていた。その人物にわたしがいてもいいから、一緒になってくれと言われたらしい。その話を妻から聞いて、わたしは消沈した。母は笑いながら言ったようだが、わたしの顔は引きつった。その母は父が朝鮮人からもらったホルモンを食べながら飲んでいると、顔を顰め、近くに寄ってこなかった。使った皿は割った。わたしはそんな彼女を嫌った。離れの宿舎には全国から集まった坑夫たちが何十人もいて、父はいつも彼らと飲んでいた。大きな声が絶えず上がっているような猥雑な家だった。

だがわたしはその家も土地も好きだった。それで朝鮮語も覚えたし、父が食べていたホルモンも口にした。こんなにおいしいものがあるのかと思った。前歯のない老女がわたしの表情を見て喜んだ。それにやさしい人間ばかりだった。貧乏人は人にやさしくするしかなかばい。老女は言った。そして父が急逝した。お父さんがおったから、住んでおったわね。わたし一人では無理だわね。母は父が逝くと郷里に戻った。

その後、後家を通して育ててくれたが、本当はその男性がいたからではないか。妻に彼女の話を聞いてそんな詮索をする時もあった。なんね、じろじろ見て。その彼女も今は焼肉が一番おいしいと言う。あの時の姿はもうどこにもない。そのことを揶揄《やゆ》すると憶えていないととぼけ、時代が変われば人も変わると平然と言った。

彼女は郷里に戻ってから自分がどこに住んでいたか、どんな暮らしをしていたか一切話さなかった。少女時代まで裕福に暮らしていたという面子《めんつ》も見栄もあった。父と所帯を持った時、好きだった男性の未練がまだあった。土地にいては面影も消えない。それならいっそどこかに行けばいい。その相手が父だったのだ。

そう思うと父がかわいそうだった。母が二度と帰らないという決意は、自分の気持ちを自分で納得させる強さがあった。子を育てること。一人で生きること。母には迷いがなかった。わたしはそういう思いで見ていたが、妻に話を聞いて、彼女の向こうに生きていた男の影を見るようになった。

当時のわたしは、父と人の見方が違う彼女があまり好きではなかった。無理矢理連れ帰されたという感情もあった。老いた今の母は、わたしが生まれたあの土地の人たちを、やさしい人が多かったと懐かしむ。人間はそんなにものの見方や考え方が変わるのかと思う時がある。

「どういうこと？」

わたしが訊き返すと。今度は大國のほうが疑念を持った。

「知らないの?」

「なにを」

「本当に?」

中学生だった彼女はその時の話をした。百二歳で曾祖母は亡くなるまで惚けず、よく遊んでもらった。当時は百歳を超える人間は稀だったので、葬儀は暗くなく、みんなが愉しそうにお酒を飲んでいたから憶えているのだと言った。

「どうしてわかったのさ」

「みんなよく似た顔をしちょったから。その中ではじめて見たのが、あなたのお母さんだった」

そんなことはなにも言わなかった。ただ下戸の彼女が酒の匂いをさせて戻ってきたことは憶えている。陽はまだあった。戻ってくるとすぐに寝てしまった。わたしは不安だった。だが朝にはもう陽気になっていた。彼女は厭なことがあると、なにもかも打っちゃって床に入る癖があった。葬儀の日もなにかあったはずだがなにも言わなかった。

「知っていたの?」

「なんとなく」

それでは遠縁になるのか。子どもの頃に素っ気ない素振りを見せていたのも、今回こうしてはじめから親しげにしゃべったのも、そのことが影響していたのか。中崎にはさんづけで、わたしにくんづけだったのはそういうことだったのか。

「驚いた」

「あら、そお？」

だから中崎がわたしに頼んだのではないかと言った。

「中崎は知っている？」

「わたしはなにも言っていないけど。あなたのほうが？」

わたしは思わぬ展開に戸惑った。大國真規子を見る目が変わり、彼女の中に自分の血を探していた。もし彼女の言うことが本当ならば、どこかに似ているところがあるはずだ。お互いにそのことを確認し合うように話すと、やはりつながりがあることがわかった。

「二従兄弟？」

わたしは興奮したままでろくに返答ができなかった。知らなかったのは自分だけではないか。

「でもおかげでよかった。心の荷が下りたもの」

大國は礼を言うように呟いた。わたしは相手を見続けた。

「それにわたしもあんな状態だったから、親類には誰にも会っていないし、会うなんてできないでしょう？　あの子一人生んだだけで、人生がこんなに縮まってしまうとは思わなかった。父には叱責されるし」

話を聞いていると、ずいぶんと親類がいることも知った。それは今でも母の生きる指針はなんだったのかと思案するが、彼女の人生の断層が、あの炭坑町でわたしを生んだことかと思うと、なにをこの人は拘って生きてきたのかと考えた。なにを隠す必要がある？　どんな面子がある？　わたしは彼女に対して複雑な感情が行き来した。わたしが生まれていなければ、父を捨て、別の人生を歩んだということになったのか。あの戦死したはずの男性と。真規子の話を聞きながらそんな感情が払拭できなかった。

二人で話をしていると、目の前に女性が立っていた。すぐに真規子の身内だとわかった。

「芳野」

彼女が紹介した。突然現れた相手に、わたしはまたなにかあるのかと身構えた。

「待ち合わせをしていた時間がとっくにすぎたのに、戻ってこないんですもの。いつもこうなんですよ。いいかげん」

芳野は笑いながら悪態をついた。失礼じゃない、そんな言い方。真規子が小言を言った。わたしはそのやりとりを見て、親娘関係がうまくいっているのだと思った。マスクを外して挨拶をしたが、彼女がよく育てられていることがわかった。この女性に中崎の血が流れているのか。色の白さも眉毛の濃さも、真規子よりも強く現れている。それからふと自分にも同じ血が流れているのだと気づくと、真規子に向けた目を芳野にも向けた。彼女の中では中崎はどういうふうに映っているのか。まだ海外暮らしだと思い込んでいるのだろうか。

「遠い親戚の方」

はじめましてと芳野は改めて挨拶をした。彼女もまたわたしの中に自分の血を見つけようとしているのか、真っすぐな視線を投げた。

「ごめんなさいね。この後、予定があるの。もっとお話をしたいことが次から次にあるんだけど」

それで芳野が運転する乗用車できて、彼女は近くのデパートで用事をすませてきたのだと言った。途中で連絡をもらうようになっていたが、いつまでも電話がないから自分からしたのだと言った。

「わたしが謝らなくてはいけないの」

細い糸のような同じ血が流れているだけで、こんなに親しい気持ちになるものなのか。芳野の血には中崎の血も、わたしの遠い血も流れている。そう思ったが黙っていた。

「失礼しますわね」

真規子は親しみを込めて言い、娘に紙袋を持たせた。あなたへの特大のプレゼント。真規子は力を込めて言った。

「なーに?」

真規子は応じなかった。

「おかしな人」

芳野はよくわからないけどと細い首を傾けた。二人は席を離れたが、わたしは後ろ姿を見送った。どちらも大柄な女性だ。後を歩く芳野が振り返って、もう一度お辞儀をした。それにつられるように真規子も振り向き手を振った。芳野より彼女のほうが娘のように見えた。暢気だな。苦労して生きてきたはずなのに、どうしてあんなに明るく振舞えるのか。だから逆に生きてこれたということになるのか。人生は深刻ぶって生きても同じことなのかもしれない。それなら前向きに生きたほうがいい。その血は真規子や老母のような女性に、色濃く流れているのではないか。夕方からお客様がくるの。別れ際に真規子は言ったが、平穏な日々を送っているのだ。それは中崎が入り込む余地がない気がしてきた。

わたしは真規子の言葉を思い出すと、手賀沼の静かな風景が脳裏に広がった。手賀沼のマリア。ふとそんな言葉が喉を突いた。手賀沼のマリア？　自分で呟いていながら苦笑した。真規子が蓮の花を台座に座っているのだ。彼女がカトリック教徒だと言ったことが、ちぐはぐな思いに走らせたのかもしれない。沼はぬかるんでいたと言ったが、そこでもがいていた彼女の姿は、当時の生き方と似ていたのではなかったのか。それが今は澄んでいると言う。わたしは改めてよかったなと思った。

再び椅子に腰かけた。緊張で疲労を感じていたが、そのことから解放され心が軽かった。それから今日起こったことはみな夢ではなかったのかと思った。中崎が重い口調で告白したことも、真規子が娘を呼んだことも本当は幻想ではないか。中崎が現金で渡すと言った時も奇妙に感じたが、お金を振り込んだり、直接手渡すと、先々に禍根を残すと考えたからだ。通帳の金額や小切手を切れば、生き残っている者は疑いを持つ。つまりあの男はわたしに終活の手伝いをさせたのだ。ピエロは自分のほうだ。わたしはまた笑った。まあ、いいか。そう呟いてみたが悪い気分ではなかった。

中崎はこれからも会わないと決めている。真規子も会わないはずだ。あれで蟠りが消えたのだろうか。手賀沼の蓮のように、心にきれいな花を咲かせたというのだろうか。そして彼女と遠縁になることにも驚かされた。中崎がびっくりするはずだ。だが喜ぶ顔が見える。いいことも悪いことも、似たようなもんだわね。期待してもその先に失望があるし、失望してもまた期待して生きるわね。老母のあの言葉は、彼女が哀しみの中から摑んだ言葉なのか。中崎芳彦と大國真規子の今日のことは、老母が言うようにいいことになるのだろうか。結局はなにがあっても前向きに生きろということなのかもしれない。わたしは思案するのを止めて通りに出た。雨は止んでいた。空は重いままだったが明るさが増し、晴れてくる予感があった。

初出一覧

「夜を抱く」三田文學　二〇二三年夏季号
「手賀沼のマリア」三田文學　二〇二〇年秋季号

〈著者紹介〉

佐藤洋二郎（さとう　ようじろう）

1949年福岡県生まれ。少年時代を山陰で過ごす。中央大学卒。主な作品集に『未完成の友情』『福猫小判夏まつり』『神名火』『グッバイマイラブ』『沈黙の神々Ⅰ・Ⅱ』などがある。『夏至祭』で野間文芸新人賞、『岬の蛍』で芸術選奨新人賞、『イギリス山』で木山捷平文学賞。著書多数。元日本大学芸術学部教授。

夜を抱く

2024年3月31日初版第1刷発行
著　者　佐藤洋二郎
発行者　百瀬精一
発行所　鳥影社 (choeisha.com)
〒160-0023 東京都新宿区西新宿3-5-12トーカン新宿7F
電話 03-5948-6470, FAX 0120-586-771
〒392-0012 長野県諏訪市四賀229-1（本社・編集室）
電話 0266-53-2903, FAX 0266-58-6771
印刷・製本　モリモト印刷

ISBN978-4-86782-071-8　C0093